Manfred Stutz

‚Stella'

Ein Bühnenstück

Bibliografische Information der Deutschen Nationalbibliothek:
Die Deutsche Nationalbibliothek verzeichnet diese Publikation
in der Deutschen Nationalbibliografie, detaillierte bibliografische Daten sind im Internet über http//dnbdnh.de abrufbar

Ich danke Patrick Fransaert für technische Hilfe bei der Erstel-
lung der Druckvorlage.

© 2017 Manfred Stutz
Herstellung und Verlag:
BoD – Books on Demand, Norderstedt
Titelbild: Nach einem Entwurf des Autors

ISBN 978-3-8370-0957-6

Szenen aus neuerer Seefahrt

Die Personen

Kapitän
Erster Offizier
Zweiter Offizier
Ingenieur
Doktor
Mädchen, seine Tochter
Mann
Steuermann
1. – 3. Matrose
Weitere Mannschaften

Erstes Bild

Dunkelheit. – Ein größeres, gestrandetes Schiff, äußerlich intakt, an einer verlassenen Küste. Es liegt mit dem Vorschiff auf einer Felsplatte auf, die übrigen Teile sind im Wasser und verlieren sich im Dunkeln. Die Lage des Schiffes ist gerade und aufrecht wie im Wasser schwimmend. Durch einige Bullaugen und Fenster der Decksaufbauten scheint Licht zu schimmern, das sich verliert, wenn der Mond zwischen der Bewölkung auftaucht.

Ein Mann erscheint von Land her kommend, sieht auf das Meer hinaus und betrachtet dann das Schiff.

Mann: Ist das – Licht? – *(ruft hinauf)* He –! *(lauscht, dann stärker)* Hallo –! *(lauscht wieder, wendet sich zum Gehen, blickt noch einmal zurück)* Licht... doch! – *(laut wieder)* Heee –! *(geht auf das Schiff zu und versucht den Namen zu entziffern)* Ste... Stel... Stel... la. Ah, die ‚Stella‘! – *(ruft)* He –! Ist da jemand? – *(lauscht erneut)* – Na, dann nicht – *(bückt sich, nimmt einige Steine auf und schleudert sie an den Schiffskörper, bei jedem Wurf rufend)* ‚Stel...la‘! – Gestrandeter... Stern! – Adieu... ‚Stella‘!

Er lacht und will gehen. Oben auf dem Schiff erscheint eine Gestalt.

1.Matrose: Mann... Mann über Bord! – *(läuft mittschiffs, kommt sofort wieder und wirft dem Mann einen Rettungsring vor die Füße)* Los, schnapp ihn! – Nicht schlappmachen! Los doch, schnapp ihn dir! *(läuft wieder fort)* Mann... Mann über... Bord!

Der Mann sieht nach oben, starrt dann auf den Ring vor ihm, den er schließlich aufnimmt, in den Händen dreht und betrachtet.

Währenddem eilen an Deck mehrere Gestalten herbei, von weiter hinten Kommandorufe: „Maschinen stop! – Maschinen stop!" Ein Fallreep wird heruntergelassen, an dem der Erste Matrose eilig herunterklettert. Er watet einige Schritte durch das knietiefe Wasser und läuft auf den Mann zu.

1.Matrose: Schön festhalten! – *(nach oben)* Los! Los!

2.Matrose(oben): Ein Ring... wo ist ein Ring?

1.Matrose: Nur festhalten! – *(nach oben)* Los da oben!

Der Zweite Matrose kommt mit einem Rettungsring um den Hals das Fallreep herunter.

1.Matrose: Siehst du, da kommt noch einer! – Immer festhalten! Kann nichts passieren! – Festhalten!

Der Zweite Matrose springt vom Fallreep und läuft prustend und unter Schwimmbewegungen auf den Mann zu.

1.Matrose: Ist gut so, halt schön den Ring... hast du gut gemacht!

2.Matrose(beim Mann): Der grinst...

1.Matrose: Quatsch nicht! Pack ihn!

2.Matrose: Wen?

1.Matrose: Den Ring!

Die Matrosen fassen den Ring und ziehen den Mann in Richtung Schiff. Dieser folgt ihnen einige Schritte und läßt dann den Ring los.

1.Matrose: Mensch, festhalten!

2.Matrose: Tu ich!

1.Matrose: Du nicht, du Idiot!

2.Matrose: Ich... *(läßt den Ring los)* Warum nicht?

1.Matrose: Bist du noch –?

2.Matrose: Ich denk...

1.Matrose: Ich mein dich nicht.

2.Matrose: Du nicht, hast du...

Kleine Pause

2.Matrose: Du hast gesagt...

1.Matrose: Halt fest!

2.Matrose: Du hast –!

1.Matrose: Nein! – Ja! – Ich hab... nein!

Kleine Pause.

1.Matrose: Halt fest.

2.Matrose: Du meinst mich nicht, hast du gesagt – und Idiot –!

1.Matrose: Ja, du verdammter –! Herrgott! – *(wirft den Ring weg)* Komm.

2.Matrose: Wohin?

1.Matrose: Wir packen ihn so.

Der Zweite Matrose schüttelt den Kopf.

1.Matrose: Doch. Wir packen ihn. – *(faßt den Mann am Arm)* Komm, pack ihn.

Mann: He...

2.Matrose. Warum grinst der?

1.Matrose: Hast ihn jetzt?

2.Matrose: Er ist in Seenot, oder?

Sie versuchen den Mann zum Fallreep zu ziehen.

Mann: Langsam...

1.Matrose: Zieh! – *(zum Mann, freundlich)* Ganz ruhig, Kumpel. – Ist alles in Ordnung.

Mann: Laßt mich los!

2.Matrose: Der will nicht!

Sie zerren an dem Mann.

2.Matrose: Wir... wir kriegen...´ne Medaille, was? ´Ne Rettungs... medaille.

Das Gerangel wird heftig, ohne daß die Matrosen den Mann weiter zum Schiff ziehen können.

1.Matrose(nach oben): Los... einer... noch einer runter!

2.Matrose: Schönes... Gefühl, einen... zu retten, was? *(wird von einem Tritt getroffen)* Oah...

1.Matrose und der Mann stürzen unmittelbar am Wasser zu Boden, so daß die eine oder andere auslaufende Welle sie überspült.

1.Matrose(nach oben): Und ´ne Leine... ´ne Leine runter!

Ein weiterer Matrose kommt herunter. Zu dritt bändigen sie den Mann und schlingen ihm ein Seil, das man von oben herunterläßt, um die Brust.

3.Matrose: Fertig! Hol up!

Der Mann wird mit Hilfe des Seils von oben her auf die Beine gezogen, wobei 1. und 3.Matrose nachhelfen. – 3.Matrose klettert während des Folgenden nach oben.

1.Matrose(keuchend): Abendsport... zu Ende, was? – *(sieht ihn an)* Jetzt reicht´s dir, hä? – Bist ein... zäher Brocken – verflucht, ja. – *(zum Zweiten Matrosen)* Hat´s dich erwischt?

Der Zweite Matrose krümmt sich und stöhnt.
1.Matrose: Du mußt... das richtig sehen. – Ich sag´s dir... sieh das so, wie´s ist – ha, Mann über Bord... der hat ´nen Schock... *(zum Mann)* Wie sieht´s aus, Kumpel? – *(nickt zum Fallreep hin)* Schaffst du´s allein, oder –? *(zieht am Seil)*
Mann(sieht am Seil entlang nach oben): Gut... ist gut... *(setzt sich langsam in Bewegung)* Die Konsequenzen...
1.Matrose(nach oben): Hol up!
Während das Seil von oben stramm gehalten wird, geht der Mann auf das Fallreep zu.
Mann: Das... das laß ich nicht... das gibt – das könnt ihr glauben...

Zweites Bild

Kurz darauf. – An Deck des Vorderschiffes. – Die Vorigen und weitere Mannschaften. – Der Mann hockt erschöpft und anfangs teilnahmslos, eine Decke umgelegt, auf einer Kiste. – Zweiter Offizier und Steuermann treten auf.

Steuermann. Macht Platz, der Zweite Offizier!

2.Offizier: Sind alle oben? – Wir verlieren Zeit.

Steuermann: Alle oben. *(zur Brücke zurück):* Maschinen Fahrt voraus!

2.Offizier: Was ist los?

1.Matrose: Mann über Bord.

2.Offizier: Ich sag´s doch, mit so was verliert man seine Zeit. – Und –?

1.Matrose: Da... *(nickt zum Mann hin)*

2.Offizier(tritt näher heran): Wie geht´s ihm?

1.Matrose: Na, geht so...

2.Offizier: Daß die nicht aufpassen können... das ist verantwortungslos. Wo wir sowieso schon in Zeitverzug sind. – *(noch weiter heran)* Wer ist es?

1.Matrose: Kennt den einer?

Matrosen: Kennen wir nicht. – Wer ist das? – Nee, kennen wir nicht.

1.Matrose: Einer von den Neuen, von der letzten Heuer.

Steuermann(geht dicht an den Mann heran, mustert ihn): Nee, glaub ich nicht ...*(beugt sich herunter)* Kann mich ja täuschen ...nee, glaub ich nicht – ist auch so duster hier! – *(zur Brücke hinüber)* He, verdammt nochmal, macht Licht! – Licht!

Matrosen: Licht! – Licht an! – Macht Licht!

2.Matrose: Ich hoff', der hat dicke Augen, daß ihr ihn nicht erkennt.

Steuermann: Ruhe! – *(zum Mann)* He, wer bist du? – Einer von den Neuen? – *(faßt ihn an der Schulter)* Na, komm, sag schon was... einer von der letzten Heuer? – *(läßt die Hand sinken und betrachtet ihn)* Der war zu lang bei den Fischen.

2.Offizier: Wer über Bord geht, ist verantwortungslos.

Der Dritte Matrose erscheint mit Kanne und Becher.

1.Matrose: Was ist das?

3.Matrose: Tee – mit was drin.

Steuermann(geht auf die Brücke zu): Pennt ihr da oben! – Das ist finster wie im Kuharsch hier! Licht an! – Verdammt, Licht!

1.Matrose: Mit was drin... *(riecht am Becher)* Nee, Deibel, daß man das noch erlebt! – *(hält dem Mann den Becher hin)* Komm, trink, ist was Feines...

2.Matrose: Ja, sauf, du...!

2.Offizier: Ich werde mit dem Kapitän darüber reden. Steuermann, erinnern Sie mich daran.

Steuermann: Wann soll ich Sie daran erinnern?

2.Offizier: Morgen. Oder nächste Woche... Oder doch besser morgen.

1.Matrose: Komm, trink.

Der Mann schlägt nach dem Becher, den der Erste Matrose schnell wegzieht.

1.Matrose: Was machst du! Ist schade drum! – *(be-sorgt)* Und ruhig bleiben... ist doch alles vorbei.

Etwas entfernt geht eine Deckslampe an.

2.Offizier(ungeduldig): Also, wer ist der Mann? – Kennt ihn einer?

Steuermann: Weg da! Aus dem Licht!

Die Matrosen treten zur Seite, schütteln den Kopf oder zucken mit den Schultern.

Steuermann: Der ist nicht von uns. – Von uns ist der nicht.

Kleine Pause.

2.Offizier: Woanders über Bord gegangen oder – schiffbrüchig. – *(zum Mann)* Wo kommen Sie her?

Mann: Ich –

2.Offizier: Ja?

Mann: Ich protestiere!

2.Offizier: Wie –?

Kleine Pause.

2.Offizier: Wir haben Zeit verloren... wegen Ihnen! Und ich frage nur, wo Sie herkommen.

Mann: Das wissen Sie genau. Vom Himmel gefallen, oder?

Kleine Pause.

2.Offizier: Reden Sie keinen Blödsinn.

Mann: Von wo! – Fragen Sie die da!

3.Matrose: Von unten – von unten kommt er.

2.Offizier: Ruhe! – Also... sind Sie schiffbrüchig oder über Bord gegangen?

1.Matrose: Herr Off˜zier!

2.Offizier: Unterbrechen Sie nicht! – *(zum Mann)* Was haben Sie da unten gemacht?

Mann: Ich weiß nicht, was Sie das angeht.

2.Offizier: Wir haben Sie aus dem Bach geholt.

Mann: Sie haben mich hier raufgeschleppt!

Kleine Pause.

Mann: Gegen meinen Willen!

Kleine Pause.

Mann: Mit Gewalt!

Pause.

Mann: Ich bin spazieren gegangen.

2.Offizier: Sie...

Mann: Ja.

2.Offizier: Sie sind –?

1.Matrose: Herr Off'zier...

3.Matrose: Bisher gab's nur einen, der auf dem Wasser ging.

1.Matrose: Herr Off'zier!

2.Offizier: Was ist das für eine Beleuchtung! – Steuermann, da kommt eine andere Deckslampe hin!

Steuermann(zu einem Matrosen): Hast gehört! Heute noch!

1.Matrose: Herr Off'zier!

2.Offizier: Was gibt's?

1.Matrose: Herr Off'zicr – *(leiser)* der ist nicht ganz, wissen Sie, der ist nicht ganz richtig... im Augenblick, mein ich. Mit drei Mann mußten wir den retten... mit drei Mann. Der ist fertig... mit den Nerven fertig... einfach fertig. Der wollte sich partut nicht retten lassen.

3.Matrose(dicht vor dem Mann, starrt ihn an): Nee, is´ er nicht. Er hat kein´ Bart.

Steuermann: Ruhe!

2.Offizier: Von welchem Schiff sind Sie?

Kleine Pause.

2.Offizier: Das ist zwecklos.

Steuermann: Ich hab´s Ihnen ja gesagt, so sind die, aber ich werd´ Sie daran erinnern, wenn Sie es dem Kapitän vortragen wollen.

2.Offizier. Traurig.

Steuermann: Ich kenne diese Kerle, glauben Sie mir, die sind alle so... die Schiffbrüchigen oder die über Bord gegangen sind, ich kenne die.

2.Offizier: Ja, ja.

Mann: Sie! Sie sind mir eine Erklärung schuldig!

2.Offizier: Wo ist der Doktor? – Hol einer den Doktor.

Steuermann: Ich bin sicher, der ist irgendwo über Bord gegangen. So ein Kerl taucht nicht einfach aus dem Nichts auf und ist da.

2.Offizier: Eben, in der Sache muß eine Kausalität sein, in jeder Sache ist eine Kausalität.

Der Mann steht auf und geht einige Schritte auf die Reling zu, wird jedoch auf einen Wink des Steuermanns hin festgehalten und erneut auf die Kiste gesetzt.

2.Offizier: Gewisse Theorien mögen ja den Kausalzusammenhang zwischen Vergangenheit und Zukunft insoweit einschränken, aber in diesem Fall...

Mann(will aufspringen, wird wieder festgehalten, laut) Lassen Sie mich endlich gehen!

Der Zweite Offizier sieht den Doktor kommen, geht ihm entgegen und bespricht sich mit ihm. Anschließend ab.

Steuermann(fängt leise an zu lachen): Spazieren gegangen, ha, haha... *(Matrosen fallen in das Lachen ein)* Spazieren gegangen –!

Der Doktor in Offiziersuniform mit offenem, weißen Kittel darüber kommt heran. Er wartet bis das Gelächter etwas nachläßt.

Doktor: Meine Herren... meine Herren – wir haben einen Gast.

Das Lachen hört auf.

Doktor: Lassen Sie mich mit dem Herrn allein, bitte – und lassen sie ihn los.

Steuermann und Matrosen ab.

Doktor: Erlauben Sie, ich bin der Schiffsarzt. – *(tritt näher heran und reicht dem Mann die Hand, die dieser, indem er aufsteht, zögernd nimmt)* Ich freue mich, Ihre Bekanntschaft zu machen.

Kleine Pause.

Mann: Sie sind – der Schiffsarzt?

Doktor: Ja.

Mann(bewegt sich langsam rückwärts in Richtung Reling): Ein – richtiger Arzt?

Doktor(lächelt): Ja.

Kleine Pause.

Mann: Und die anderen –?

Doktor(hebt die Schultern, dann besorgt): Waren sie grob zu Ihnen? – Sie haben sich erschrocken, ja?

Mann: Ich? – Nein, gar... *(fährt zusammen, als er gegen einen Mast stößt)* gar nicht.

Doktor(folgt ihm langsam): Ich bitte Sie aufrichtig um Verzeihung, wenn Sie sich erschrocken haben. Ein Mißverständnis, offensichtlich ein...

Kleine Pause.

Doktor: Wenn ich richtig verstanden habe – ein Mißverständnis.

Mann: Ach. Und ich kann...? *(deutet über die Reling)*

Doktor(lächelt): Haben Sie denn Angst vor mir? *(tritt an ihn heran, faßt ihn am Arm und bewegt ihn, neben ihm herzugehen)* – Erlauben Sie...*(bleibt stehen und zieht die Luft ein)* Es hat aufgefrischt – ah, herrlich, nicht? Es war so drückend den Tag über. – Ja, das Meer...

Kleine Pause.

Doktor: Man kann das kaum ausdrücken, nicht? – Ach, von See her, das erste Wehen, und dann, auf dem Wasser – verzeihen Sie. – *(geht weiter)* Also, Sie sind... spazieren gegangen, ja?

Mann: Ja. – Ich kam hier hin und habe gerufen und dann...

Doktor: Ah, Sie haben gerufen!

Mann: Ja.

Doktor: Was? – Ich meine, vielleicht hat man gedacht, Sie rufen um Hilfe.

Mann: Nein, ich habe gerufen, einfach so.

Doktor: Ich kann Ihnen nur versichern, die Männer wollten Ihnen nichts Böses.

18

Mann: Das merke ich.

Doktor: Warum? – *(besorgt)* Sind Sie verletzt?

Mann: Es ist nichts.

Doktor: Aber so kommen Sie! – *(in der Nähe der Lampe)* Auch das noch, Sie bluten ja!

Mann: Es ist nichts.

Doktor: Also hier, an der Stirn, da muß ich Sie verarzten – das muß vielleicht geklammert werden! – *(als der Mann abwehren will)* Nein, kommt nicht in Frage, wenigstens einen Verband! Sie können gern hier oben bleiben, wenn Ihnen das lieber ist, aber da muß ich etwas tun.

Mann: Es ist nichts.

Doktor: Verstehen Sie bitte, ich bin Arzt. – *(sieht nach oben)* Was meinen Sie, zieht sich da was zusammen?

Kleine Pause.

Doktor(sieht wieder nach oben): Das wird ein schweres Wetter. Gut, dann will ich mein Köfferchen holen. – *(im Abgehen)* Es dauert nicht lange.

Bevor er die Aufbauten erreicht, bleibt er stehen und dreht sich um. Eine erste Böe fährt über das Schiff und der Mann schauert zusammen. Der Doktor geht wieder auf ihn zu.

Doktor: Wissen Sie was, ich lade Sie ein!

Mann: Wie?

Doktor: Ja, ich lade Sie ein.

Mann: Vielen Dank, ich möchte gehen.

Doktor: Gehen – bitte, bitte... Aber bedenken Sie, das Unwetter –

Mann: Es macht mir nichts.

19

Doktor: Schade, ich hätte mich gern mit Ihnen unterhalten.

Kleine Pause.

Doktor(ist an ihn herangetreten): Sie würden mir eine Freude machen.

Kleine Pause.

Doktor: Mögen Sie Musik?

Mann: Entschuldigen Sie.

Doktor: Wir hätten uns über Musik unterhalten können...

Mann: Ich verstehe nichts von Musik.

Doktor: Hier ist niemand, mit dem ich über Musik sprechen kann. Bach, Mozart...

Mann: Entschuldigen Sie.

Kleine Pause.

Mann: Ich verstehe nichts von Musik.

Doktor: Ja, meine Tochter auch nicht.

Mann: Ich verstehe nichts von der Theorie.

Doktor: Sie liebt die Musik, aber sie weiß nicht...

Kleine Pause.

Doktor: Sie würde sich bestimmt freuen, Ihre Bekanntschaft zu machen.

Mann: Ihre Tochter?

Doktor: Ja.

Kleine Pause

Doktor: Ja. – *(lächelt wieder)* Sie müßten sie kennenlernen, sie ist so... so...

Mann: Aber –

Doktor: Doch, kommen Sie ruhig, kommen Sie. – *(faßt ihn am Arm)* Aber Sie zittern ja!

Mann: Ich muß mich warm laufen.

Doktor: Sie gehören in trockene Kleider! – *(führt ihn mit sich)*

Mann: Wenn ich erst laufe...

Doktor: Nein, nein, seien Sie vernünftig, bitte, Sie holen sich eine Erkältung... oder Schlimmeres!

Mann: Und Ihre –

Doktor: Ja?

Mann: Aber ich verstehe nichts von Musik.

Doktor: Das macht nichts. – Wissen Sie, wenn Sie jetzt die Einladung annehmen, dann weiß ich, daß Sie auch meine Entschuldigung akzeptiert haben. – *(einfach)* Machen Sie mir die Freude, bitte.

Mann: Ja, ja...

Doktor: Wir bedürfen ein wenig...

Mann: Aber...

Doktor: Ja?

Mann: Was... was soll das alles bedeuten? Was ist das für ein Schiff?

Doktor: Wir bedürfen doch der Sorge füreinander, nicht wahr?

Drittes Bild

Der Salon. – Zur gleichen Zeit. – Der Kapitän. – Das Mädchen.

Der Kapitän steht im Raum und kratzt sich mit dem Stiel einer Fliegenklatsche, die er im übrigen ständig bei sich hat, am Kopf. Dabei betrachtet er das Mädchen, das in einem Sessel sitzt. Sie hält ein Buch in der Hand, liest aber nicht, sondern schaut vor sich hin.

Kapitän(horcht plötzlich in die Luft, tut einige schnelle Schritte, starrt auf einen Punkt an der Wand, schlägt mit der Klatsche zu): Aah...!

Mädchen(schreckt auf, lächelt um Verzeihung bittend): Wie –?

Kapitän: Ah... siebenundzwanzig, verzeihen Sie.

Mädchen: Ach...

Kapitän: Habe ich Sie gestört?

Mädchen: Nein.

Kapitän: An was haben Sie gedacht? – Sie... Sie waren ganz versunken. – Ach, Sie und Ihre Bücher... sind Sie jetzt wieder da?

Das Mächen lächelt wie vorher.

Kapitän: An was dachten Sie?

Mädchen: Ich weiß nicht.

Kleine Pause.

Mädchen: Ich...

Kapitän: Sie wollen es mir nicht sagen. – Ach, die Jugend, die Jugend... sich allem so hingeben können! Leben und... Dichtung, alles eins – wie roman-

tisch! Ich muß gestehen, ich beneide Sie. – *(wedelt mit der Klatsche)* Oder nein, alles zu seiner Zeit, ich bin darüber hinaus, meinen Sie nicht? – Aber Ihre Bücher – manchmal bin ich eifersüchtig darauf, wirklich *(wedelt wieder)*. Sie sind so vertraut mit ihnen, und ich... mich... ich will sagen, mich...*(zuckt mit den Schultern)*.
Kleine Pause.
Mädchen(leise): Es ist nicht das Buch.
Kapitän: Jetzt hab ich Sie ertappt!
Kleine Pause.
Kapitän: Wollen Sie es mir nicht sagen?
Mädchen: Sie wissen es.
Kapitän: Ach, nein, nicht schon wieder – der Maschinist! Können Sie ihn sich nicht aus dem Kopf schlagen?
Mädchen: Er tut mir leid.
Kapitän: Das sollte er nicht.
Kleine Pause.
Kapitän: Er hat seine Pflichten verletzt. Strafe muß sein.
Kleine Pause.
Kapitän: So ein Schiff ist kein Selbstzweck.
Kleine Pause.
Kapitän: Es hat eine Aufgabe.
Mädchen: Sie sind so streng – zu streng.
Kapitän: Aber – ich kann nicht anders. – *(fängt an hin und her zu gehen)* Ich kann nicht! Ich bin der Kapitän! Ich... ich muß – ja, ich *muß*! Ich meine, ich kann mich nicht... kann mich nicht in irgendwelche Welten flüchten wie... in Ihren Büchern vielleicht –

entschuldigen Sie. – *(schaut sie an)* Ich habe eine... *(hält still und spannt sich, leise)* Ich bin für den... *(schlägt in die Luft)* Hä, warte –! – Äh, das ist kein Spiel, nicht? Ich meine, wir alle sind für etwas da, das wir müssen... *müssen,* verstehen Sie – wir haben alle eine... *(schlägt erneut nach der Fliege, verfehlt sie und pirscht ihr nach)* Glauben Sie mir, ich will Sie nicht schulmeistern, aber wir sind nun einmal keine... keine Robinson Crusoes auf der Insel unserer... unserer... Und der war übrigens auch von Fliegen geplagt, da bin ich sicher... auf seiner Insel.
Kleine Pause.
Kapitän: Wir stehen alle in größeren Zusammenhängen... äh, sachlicher Art, meine ich, sachlicher Art – vielleicht sogar anderer Art, wer weiß, man sollte das nicht ausschließen. Aber das ist nicht zweifelsfrei... zweifelsfrei sind nur Sachverhalte... so etwas wie unsere Aufgaben... oder wie Robinsons Fliegen – sehen Sie, Robinsons Fliegen, die sind ein Sachverhalt.
Mädchen: Aber es war das erste Mal. Er hat sich noch nie...
Kapitän: Am Anfang ist immer nur eine da! *(schlägt auf den Tisch)* Ah, achtundzwanzig...!
Kleine Pause.
Kapitän: Mein Gott, welcher Ton! Ich hoffe, ich habe Sie nicht erschreckt... Belehrungen! – *(setzt sich, horcht in die Luft)* Haben Sie auch etwas gehört?
Das Mädchen schweigt und schaut vor sich hin.

Kapitän: Nein, nicht, bitte, das kann ich nicht ertragen.

Kleine Pause.

Kapitän: Haben Sie nichts gehört?

Kleine Pause.

Kapitän: Aber ich habe ja schon entschieden.

Mädchen: Ja –?

Kapitän: Ja, ein Abzug von der Heuer, nichts weiter.

Mädchen(springt auf, eilt auf ihn zu): O, ich danke Ihnen – *(will seine Hand ergreifen)*

Kapitän: Nein, nicht! Nicht doch! *(entzieht ihr die Hand)* Haben Sie nichts gehört?

Mädchen: Wo?

Kapitän: An Deck.

Mädchen: An Deck? Was gab es?

Kapitän: Lärm. – *(starrt ins Leere)* Ach, nur Eskimos sind wirklich frei.

Mädchen(lacht): Sie Ärmster.

Kapitän: Wann wohl jemand erscheint, um Meldung zu machen. – *(sieht sie an)* Aber dann haben Sie auch gar nicht gehört, was ich vorher gesagt habe.

Mädchen: Wie?

Kapitän: Sie beachten mich nicht, ich sage es ja.

Mädchen(verlegen): Der Erste Offizier? – Ich... ich habe Ihnen schon oft gesagt, daß ich mir nichts aus ihm mache.

Kapitän: Sie zeigen ihm das nicht. – Sie... bitte, ich meine ja nur, Sie sollten ihm ruhig Ihre Abneigung zeigen.

Mädchen: Aber warum soll ich ihm den Kopf abreißen? Er bedeutet mir nichts, das ist alles.

Kapitän: Ich meine ja nur!

Mädchen(irritiert): Aber –!

Kapitän(wedelt wieder mit der Klatsche): Ich wollte es nur noch einmal gesagt haben. – *(lächelt sie an)* Seltsam, ich schlage Fliegen tot und Fliegen tot und hier sind immer noch so viele. Verstehen Sie das? *Licht aus.*

Wieder Licht. – Der Kapitän steht vor dem Mann und betrachtet ihn. Letzterer ist verpflastert, trägt eine Art Arbeitsanzug und geht wie alle anderen auch, wenn die Handlung im Salon spielt, auf Socken.

Kapitän: Interessant... sehr interessant...

Doktor: Der Kapitän der ‚Stella'.

Kapitän: Sehr interessant, ein Schiffbrüchiger – *(mustert ihn weiter)* wirklich interessant... aber Sie müssen entschuldigen... Doktor, bitte, meinen Sie nicht – eine Kabine, ja, eine Gästekabine... Und nun muß ich rauf, bei Wetter gehört der Kapitän auf die Brücke... so ist das. – *(blickt umher, zum Mädchen)* Sie haben nicht meine Mütze irgendwo –? – *(als fiele ihm etwas ein)* Bitte, wollen Sie nicht...

Mädchen: Aber ja – was?

Kapitän(deutet auf den Mann): Nun, ein ordentlicher Schluck...

Mann: Danke, bemühen Sie sich nicht.

Kapitän: Ah, machen Sie nur, es tut ihm gut, er hat 's nötig.

Mädchen: Was möchten Sie?

Mann: Bitte – es ist egal.

Doktor(zum Mann): Wollen wir uns nicht setzen?

Kapitän(im Abgehen): Nun, wir sehen uns nachher.

Mann: Danke, ich möchte nicht so lange...

Kapitän(dreht sich um): Wie Sie wollen. Sie brauchen Ruhe, Sie kriegen eine Kabine.

Mann: Nicht nötig, danke sehr.

Kapitän: Wie?

Mann: Ich brauche keine Kabine.

Kapitän: Was heißt das?

Mann: Ich will gehen.

Kapitän: Gehen –? – Wohin?

Mann: Runter.

Kleine Pause.

Doktor: Der junge Mann...

Kapitän: Runter –?

Mann: Ja.

Kapitän: Sie meinen –

Mann: An Land.

Kapitän(nickt): An Land...

Mann: Von Bord, ja. An Land.

Der Mann hat während des Vorigen zum Mädchen hinübergesehen und geht ihr nun einige Schritte entgegen, um ein Glas in Empfang zu nehmen. – Der Kapitän starrt ihm entgeistert nach. Er wendet sich dem Doktor zu, schaut ihn fragend an und macht eine bezeichnende Geste.

Kapitän: Nun, wie auch immer, ich muß nach oben!
– *(geht nach rechts auf eine Tür zu)* Und auf Ihr
Wohl! Ja, trinken Sie... *(mehr für sich)* Sie können´s
brauchen.

Doktor(wieder zum Mann): Aber bitte, wollen wir
nicht...

*Der Kapitän ist noch bei der Tür, um seine Schuhe
anzuziehen, als diese aufgeht und der Erste Offizier
hereinkommt. Er bleibt an der Tür stehen.*

1.Offizier: Kapitän, Sturmwarnung!

Kapitän(richtet sich auf und mustert ihn): Sie erinnern sich Ihrer Pflichten, sieh da!

*1.Offizier(wirft einen schnellen Blick zum Mäd-
chen):* Ich – ich schlage vor, wir drehen bei.

Kleine Pause.

1.Offizier: Bei dem Kurs haben wir die See quer.

Kleine Pause.

1.Offizier: Die Ladung könnte...

Kapitän: Haha, Ladung –? Ladung sagen Sie? –
Meines Wissens fahren wir Ballast.

1.Offizier: Der Ingenieur hat Probleme.

Kleine Pause.

1.Offizier: Die Ruderanlage.

Kleine Pause.

1.Offizier: Die Hydraulik, irgendwas mit der Hydraulik.

Kapitän: Ladung... Hydraulik... Probleme – hier!
(klopft sich auf die Brust) Hier hat´s Probleme! Daß
ich nicht lache! – Wir halten Kurs! – Was fahren
wir?

1.Offizier: Hundertfünfundvierzig Grad.

Kapitän: Und die halten wir! – Beidrehen –! Wir haben Termine! Liegetermine... Löschtermine! Wir haben Ladung geordert – wir sind im Wettbewerb! – Wir halten Kurs!

1.Offizier: Sie sollten wenigstens den Ingenieur hören.

Kapitän: Nein!

1.Offizier: Er wollte Ihnen Meldung machen.

Kapitän: Nein!

Die Tür geht auf. Der Ingenieur erscheint, bleibt ebenfalls an der Tür stehen.

Kapitän: Was wollen Sie hier?

Ingenieur: Das Ruder – wir kriegen keinen richtigen Druck, knapp sechzig Prozent.

Kapitän: Und?

Ingenieur: Wir müssen das durchchecken – vielleicht ist der Kolben vom Hauptzylinder undicht. Auf alle Fälle möchte ich davon abraten...

Kapitän: Techniker! – *(zum Mann hinüber)*Sie sind nicht zufällig auch einer?

Kleine Pause

Kapitän: Also, was nun?

Ingenieur: Ich meine...

Kapitän: Was ist mit dem Notaggregat?

1.Offizier: Das Risiko ist zu groß.

Kapitän: Hören Sie auf zu unken!

1.Offizier: Wenn das auch ausfällt...

Kapitän: Wir sind schon mit ganz anderen Sachen fertiggeworden! Auch ohne Sie – gerade ohne Sie!

*Der Erste Offizier schaut wieder kurz zum Mäd-
chen, starrt dann den Kapitän an und geht auf ihn
zu.*
Kapitän: Sie! – Was fällt Ihnen ein!
Der Erste Offizier geht weiter.
Kapitän: Sie! – Ihre Schuhe! Ziehen Sie Ihre Schuhe aus!
*Der Erste Offizier hält an, geht zur Tür zurück und
fängt an seine Schuhe auszuziehen.*
Kapitän: Ha, ein Lüftchen wird das! – Ich kann von
meinem Ersten Offizier verlangen, daß er Vorbild
ist und nicht als erster die Hosen voll hat – und
obendrein im Salon seine Schuhe anbehält!
Kleine Pause.
Kapitän: Ha, ein laues Lüftchen!
1.Offizier: Es ist meine Pflicht...
Kapitän: Ja –?
1.Offizier: Es ist meine Pflicht, Sie darauf hinzuwei-
sen, daß Sie in unverantwortlicher Weise...
Kleine Pause.
1.Offizier: In unverantwortlicher Weise...
Kleine Pause.
1.Offizier: Sie haben Löcher in den Socken!
Kapitän: Sind Sie – sind Sie noch bei Trost, Mann!
Ich, Löcher in den Socken!?
1.Offizier: Die Besatzung...
Kapitän: Die Besatzung –?!
1.Offizier: Die Besatzung weiß Bescheid über Sie
und Ihre Socken! Sie hat kein Vertrauen mehr in die
Führung!

Kapitän: Und das bin wohl ich, die Führung, ja? Ich allein? In mich hat sie kein Vertrauen mehr! – *(besinnt sich einen Augenblick)* Und ob ich die Führung bin! Ich! Niemand sonst! Und Sie, Sie werden sie mir nicht nehmen! Merken Sie sich das! – *(macht einige Schritte)* Die Besatzung... o, ich kann ´s mir denken – aufgehetzt, aufgehetzt von diesen... *(mit einer scharfen Wendung zum Ingenieur, der erschrocken zurückweicht)* Sie stecken mit unter der Decke! – *(ahmt den Ersten Offizier nach)* „...darauf hinweisen", „...meine Pflicht", „...meine Pflicht!" – Hochtrabendes Geschwätz! – Haben Sie die Bücher für heute schon kontrolliert? – Wie viele sind heute... *(wedelt mit der Klatsche, schlägt dann einige Male damit gegen die Wand)* wie viele? – Das ist Ihre Pflicht! Gehen Sie und kontrollieren Sie die Bücher! – *(zum Ingenieur)* Und Sie auch! Sehen Sie zu, daß die Hydraulik klarkommt! Mich interessiert nicht, was kaputt ist, mich interessiert nur eins – das Schiff muß klar sein, für eine ordentliche Fahrt! – *(Ab)*
Ingenieur(der sich zuvor ebenfalls die Schuhe ausgezogen hat, beim Mann): Erlauben Sie, ich bin der Ingenieur.

Viertes Bild

Ein leerer Raum. – Ingenieur. – Der Mann. – In der Mitte des Raumes steht eine Maschine, mit einer Plane abgedeckt. – Von draußen zwischendurch stärkere Wind- und Wellenbewegung, die sich steigert.

Ingenieur: Was sagen Sie dazu?

Kleine Pause.

Ingenieur: Die Größe, erst mal nur die Größe. – Wissen Sie, wie groß sie ist? – Schätzen Sie mal.

Kleine Pause.

Ingenieur: Ist auch egal. – Sie hat eine enorme Kapazität, müssen sie wissen. Sie könnte die Kommunikation einer ganzen Stadt erledigen... die schriftliche, meine ich – einer Großstadt. Aber warten Sie.

Er geht zur Maschine und zieht die Plane herunter.

Ingenieur: Da! Das ist Komma! – Komma – Kommunikationsmaschine – eine Universalmaschine. Aber verstehen Sie mich nicht falsch, nicht, daß sie alles kann, nein. Sie hat, wenn Sie so wollen, nur eine Funktion, aber die beherrscht sie perfekt. Sie können natürlich sagen, das ist bei jeder Maschine so, nein, nein, die hier leistet mehr. Sie erfüllt einen ganzen, einen komplexen Funktionszusammenhang, sie schließt ihn in sich ab – und das ist sinnvoll, äußerst sinnvoll, nicht?

Kleine Pause.

Ingenieur: Gefällt Ihnen der Name? – Heute gebaut, würde sie anders aussehen, natürlich. Aber die Idee, die ist gut. Und ob Sie's glauben, so wie sie ist, ich hänge daran. – *(nimmt einen Lappen und putzt ein wenig an der Maschine)* Sehen Sie, hier ist die Papierbox, die Schreibpapierbox und da die Umschlagbox und von da kommt der Briefmarkenstreifen. Das Papier wird beschrieben, der Umschlag adressiert und frankiert, das Papier gefaltet, sehen Sie, hier, dann in den Umschlag gesteckt und der Umschlag geschlossen... hier.

Kleine Pause.

Ingenieur: Ah, ich merke schon, Sie verstehen etwas von der Sache. Sie fragen sich bestimmt, was das andere alles soll – bis hier, das ist erst ein Teil der Maschine, genau gesagt, ein Drittel – aber ich sage ja, Sie verstehen etwas von Kommunikation, ich merke das. Also, ursprünglich war hier der Arbeitsgang beendet, hier kam der fertige Brief raus – und ich konnte zehn verschiedene Briefe schreiben lassen. Zehn, ja... Ich war der Meinung, damit hätte ich die kommunikativen Standardsituationen, in denen wir uns bewegen, erfaßt – und wir bewegen uns ausschließlich in Standardsituationen, oder? – Gut, zehn, das war natürlich eine rein willkürliche Zahl, ich hatte das nicht genauer untersucht, zehn ist eine runde Zahl, wenn Sie so wollen.

Kleine Pause.

Ingenieur: Ja, und sehen Sie, eines Tages kam ich dann zu der Einsicht, daß es eigentlich nur *eine* Standardsituation gibt, eine einzige – ich *bin* oder ich bin *nicht*. Sie verstehen, was ich meine, ich glaube, Sie verstehen das. – *(lacht)* Nun, danach konnte ich die Maschine keine zehn verschiedenen Briefe mehr schreiben lassen, danach gab es nur noch einen Brief, den einen Standardbrief.

Kleine Pause.

Ingenieur: Genau das fand ich auch und ich war anfänglich zufrieden mit der neuen Lösung und doch... Sehen Sie – was ist, wenn ich einen Brief abschicke mit der Nachricht, ich bin, und bis der ankommt... bin ich nicht mehr – ist ja immerhin möglich, nicht? – Das ist... das ist – verstehen Sie, was ich sagen will? Das ist in jedem Fall eine kommunikative Katastrophe und ganz und gar unverantwortlich, nicht? – Nachdem mir also dieses elementare Problem der Kommunikation klargeworden war, beschloß ich, diesen anderen Teil hier anzubauen. Ja, der fertige Brief bleibt jetzt in der Maschine, er läuft in dem angebauten Teil weiter. Zuerst hierhin, hier wird er wieder geöffnet, ja, da die Marke vom Umschlag gelöst und dort der Briefbogen entfaltet. Die Marke wird getrocknet, glatt gepreßt und hier gesammelt, und der Umschlag und das Papier kommen in einen Reißwolf. Ab hier, sehen Sie, wird alles zerschnipselt... klitzeklein.

Kleine Pause.

Ingenieur: Soll ich sie laufen lassen, wollen Sie? – *(geht zu einer Wand)* Ich muß nur den Stecker reinstecken.

Kleine Pause.

Ingenieur: Ich verstehe, Sie wollen gern wissen, an wen sie schreibt, nicht? Am Anfang hatte Komma viele Adressen, viele, viele, Ihre vielleicht auch, aber ich bin davon abgekommen. – *(drückt auf einen Knopf und die Maschine beginnt zu laufen)* So... Jetzt ist nur noch eine Adresse gespeichert, meine eigene. – Wundert Sie das? – Und trotzdem, Komma ist der Prototyp eines zeitgemäßen Mediums, das kann man so sagen.

Der Mann faßt an den Rand des großen Trichters, der in der Mitte der Maschine angebracht ist.

Ingenieur: Machen Sie sich nicht unglücklich!

Der Mann läßt los.

Ingenieur: Ich hatte mal die Idee Papier zu schreddern, wissen Sie, Bücher hauptsächlich, dickste Bücher, ganze Bibliotheken, das ist schließlich kommunikativer Müll, oder? Ja, sie kriegt alles klein, das können Sie glauben. Aber den Trichter kann ich abnehmen, dann baut sie nicht so hoch auf. Was meinen Sie, wie sieht sie besser aus, mit oder ohne?

Kleine Pause.

Ingenieur: Sie haben recht. – Und was denken Sie, eine Kommunikationsmaschine ist perfekt, wenn sie keine Mißverständnisse aufkommen läßt, oder? Ich kann Ihnen sagen, Komma ist die moderne kommunikative Perfektion. Komma sagt nichts und alles und läßt alles und nichts offen – und vor allem ist sie... destruktiv, sozusagen destruktiv, wenn Sie wissen, was ich meine.

Kleine Pause.

Ingenieur: Ja, natürlich, Sie wollen noch wissen, was sie schreibt. – Fragen Sie mich nicht, ich weiß es nicht. Schreibt sie nun, ich bin oder schreibt sie, ich bin nicht... ich weiß es wirklich nicht. Aber das ist schließlich egal, oder? Es kommen ja doch nur Schnipsel heraus, da, sehen Sie, ganz kleine Schnipsel. *(betrachtet den Mann)* Mir scheint, Sie stehen noch ganz unter dem Eindruck Ihres Erlebens oder warum schweigen Sie so beharrlich? – Glauben Sie mir, Sie haben mein volles Verständnis, ich bin Ihnen keineswegs böse.

Mann: Nein, ich wundere mich nur, das ist alles.

Fünftes Bild

*Auf der Brücke. – Der Kapitän. – Steuermann. –
1.Matrose. – 3.Matrose. – Von draußen der Sturm.
Der Schiffskörper ächzt und arbeitet, und gelegentlich gibt es einen Schlag, wenn eine starke Welle
ihn anhebt und er auf die Felsplatte zurückfällt.*

Kapitän: Steuermann, sehen Sie etwas?

Steuermann(mit einem Fernglas vor den Augen): Ja.

Kapitän: Was sehen Sie?

Steuermann: Nichts.

Kapitän: Gut. – Radar?

3.Matrose: Nichts.

Kapitän: Welcher Bereich?

3.Matrose: Drei Meilen.

Kapitän: Gehen Sie auf eine. – Lot?

1.Matrose: Nichts.

Kapitän: Sehr gut. Was heißt nichts?

1.Matrose: Bodenberührung.

Kapitän: Was! Ist das noch immer nicht in Ordnung!

Steuermann: Wir haben alles versucht.

Kapitän: Das wird in Ordnung gebracht! Und bis es
fertig ist, machen sie anständig Meldung, verstanden!

1.Matrose: Jawohl.

Kapitän: Lot?

1.Matrose: Hundert Meter.

Kapitän: Zu wenig.

1.Matrose: Tausend Meter.

Kapitän: Gut. – Wieviel Umdrehungen?

Steuermann(setzt das Glas ab): Null – äh, nein, zwölfhundert.

Kapitän: Zweihundert zurück. Steuermann, warum stehen Sie nicht am Ruder?

Steuermann: Zweihundert zurück. Kapitän.

Kapitän: Ja, ja, Autopilot und Satellitennavigation – ihr jungen Leute –! *(zum 1.Matrosen)* Wir haben das noch anders erlebt, was?

1.Matrose: Und ob. – Elfhundert Meter.

Kapitän: Das will alles erarbeitet sein. Gut, ihr kennt es nicht anders, zugegeben, aber ihr müßt auf dem Teppich bleiben.

Steuermann: Wir bringen das mit den Instrumenten in Ordnung.

Kleine Pause.

3. Matrose: Kapitän, größeres Objekt voraus.

1.Matrose: Zwölfhundert Meter..

Kapitän: Ich mache mir Sorgen, ja, wirklich. – ihr jungen Leute dürft nicht zu überheblich werden. Gut, man konstruiert Sterne und schießt sie nach oben...

Steuermann: Bestimmt, wir bringen das in Ordnung.

Kapitän: Ihr müßt versuchen, Zusammenhänge zu sehen. Zusammenhänge, ja? Sachverhalte und Sachzusammenhänge...

Steuermann: Sie können sich darauf verlassen.

1.Matrose: Fünfzehnhundert Meter!

Kleine Pause.

38

Kapitän: Und die anderen *(nickt nach oben)* sind überflüssig geworden, ist es nicht so?

Steuermann: Ja, nicht? – Wer?

Kapitän: Die könnte man glatt ausknipsen, ohne daß es einer merkt.

Steuermann: Ach, so, die Sterne! Klar! *(grinst)* Außer 'n paar Verliebte, die brauchen die noch.

3.Matrose: Kapitän, wenn ich nicht wüßte, daß wir auf See sind – das ist so groß und so nah.

Steuermann: Das ist eine Störung. Die haben wir schon seit längerem.

Kapitän: Denken Sie sich die Störung weg.

3.Matrose: Dann ist nichts.

Kleine Pause.

Kapitän: Das ist der Kopf hier, der Kopf vom Schiff. Von uns hängt's ab.

Steuermann: Ja.

Kapitän: Wie ich mir vorkomme, ich kann Ihnen das gar nicht sagen.

Steuermann: Wie ein Kapitän sich vorkommt, oder?

Kapitän: Ich sage Ihnen, manchmal habe ich Gedanken, ha! – Es ist ja ziemlich perfekt heute, die Schiffe... das... das – na, alles eben, aber trotzdem, manchmal denke ich, es ist eine Strafe, heute leben zu müssen.

Steuermann: Ja, und früher erst! Früher hätte ich... nein, früher schon gar nicht.

Kapitän: Man soll aber nicht undankbar sein.

3.Matrose: Das ist eine große Störung.

Kapitän: Wenn ich mir das so vorstelle – es wird immer weitergehen...

Steuermann: Ja, die werden...

Kapitän: Ja, die *werden*! – Aber wir könnten heute schon besser dastehen.

Kleine Pause.

Steuermann: Ich werde mich selbst darum kümmern, die Sachen kommen in Ordnung.

Pause.

Kapitän: Sehen Sie etwas, Steuermann?

Steuermann: Ja.

Kapitän: Und?

Steuermann: Nichts.

3.Matrose: Nichts.

1.Matrose: Zweitausend Meter!

Kleine Pause.

Kapitän(legt die Klatsche weg): Gott sei Dank, bei Sturm verziehen sie sich.

Sechstes Bild

*Etwas später. – In der Kabine des Ersten Offiziers.
– Erster Offizier. – Ingenieur.*

1.Offizier (geht hin und her, schlägt mit der Faust in die offene Hand): Es – reicht! – Ah, dem werd ich's zeigen! – *(bleibt stehen und denkt etwas nach)* Also, was ist?

Ingenieur(schreckt auf): Wie –?

1.Offizier: Was wie –?

Ingenieur: Was meinst du?

1.Offizier: Siehst du's nicht, oder willst du's nicht sehen?

Ingenieur: Ja, ja, sicher, schon...

1.Offizier(mehr für sich): Der... Bock!

Kleine Pause.

Ingenieur: Das war ein Fehler.

1.Offizier: Was?

Ingenieur: Davon zu reden.

1.Offizier: Wovon?

Ingenieur: Von der Besatzung.

Kleine Pause.

Ingenieur: Er wird die Augen aufhalten.

1.Offizier: Er wird keine Gelegenheit mehr dazu haben.

Kleine Pause.

1.Offizier: Wir setzen ihn fest!

Ingenieur: Was!

1.Offizier: Sofort! Eh's zu spät ist!

Ingenieur: Sofort –?!

1.Offizier: Er hat Löcher in den Socken!

Ingenieur: Löcher, ja...

1.Offizier: Ich hab´s jetzt öfter gesehen.

Kleine Pause.

1.Offizier(beobachtet den Ingenieur): Was... was meinst du, wer –?

Ingenieur: Ich weiß nicht. Außerdem ist ja bald die Wahl.

1.Offizier: Was?

Ingenieur: Die Wahl! Die Besatzung...

1.Offizier: Die Wahl? *(er lacht)*

Ingenieur: Die Besatzung wählt...

1.Offizier: Die Wahl! *(lacht lauter, geht dann zum Ingenieur)* Also, von deinen Leuten, wer –?

Ingenieur: Das war ein großer Fehler.

Kleine Pause.

1.Offizier(noch näher heran): Hast du ihm die Maschine gezeigt?

Ingenieur: Ja.

Kleine Pause.

Ingenieur: Er war ziemlich still.

1.Offizier: Klar, er war beeindruckt. Er versteht bestimmt etwas von Maschinen.

Ingenieur: Ich wollte es nicht sagen, aber er hat den Eindruck gemacht, als verstünde er viel von Maschinen. Er hat gesagt, er wundert sich.

1.Offizier: Ja, es ist eine gute Maschine – eine Wundermaschine... genial.

Kleine Pause.

Ingenieur: Frag... den Maat. Der Maschinenmaat mit seinen Leuten. Die sind sauer auf den Alten.

1.Offizier: Ja. – *(überlegt)* Gut, der... und die ...und die... ich hab auch noch ´ne ganze Menge – *(überlegt weiter)* ja, das reicht.

Ingenieur: Wie viele hast du?

1.Offizier: ´Ne ganze Menge – ein Drittel, noch mehr.

Ingenieur: Ein Drittel!?

1.Offizier: Es sind mehr – die Hälfte, fast die Hälfte!

Ingenieur: Das geht nicht gut.

1.Offizier: Hör auf! Ein Drittel würde reichen... das Überraschungsmoment, verstehst du! Bis die sich... *(blickt auf seine Uhr)* Ich muß zu den Leuten, hör zu, ich brauche dich, du bist wichtig! – *(Ingenieur will abwehren)* Hör wenigstens zu! – *(starrt ihn an)* Du mußt ihn packen! Wenn ihr im Salon seid nachher, du mußt ihn nur...

Kleine Pause.

1.Offizier: Du mußt ihn nur packen!

Ingenieur: Und wenn´s schiefgeht...?

1.Offizier: Mensch, seine Socken –! *(nach einem erneuten Blick zur Uhr)* Ich komm vorher noch mal vorbei, und denk dran, Mann, denk dran, von dir hängt´s ab! *(zur Tür)*

Ingenieur: Und der Alte?

1.Offizier (dreht sich um): Was?

Ingenieur: Der Alte...

1.Offizier: Welcher Alte?

Ingenieur: Der Doktor.

1.Offizier: Ach, ja, der Doktor...

Ingenieur: Solange der...

1.Offizier: Ja, ja, der Doktor – das erledigt sich mit!
(geht ab)
Ingenieur: Du kannst doch nicht –!

Siebtes Bild

Nach dem Unwetter. – Der Salon. – Wind und Wellen sind anfänglich noch zu vernehmen, legen sich aber nach und nach. – Der Doktor. – Das Mädchen. – Zweiter Offizier. – Ingenieur. – Der Mann. – Noch einmal wird das Schiff angehoben und schlägt auf den Felsen.

2.Offizier(zum Ingenieur): Ja, so – so ist's gut, ha, die See –! Mehr noch, mehr davon! – *(horchend)* War's das? – Was meinen Sie, war's das schon? – *(noch einen Moment wie vorher)* Da kommt nichts mehr, nein, das war's. Schade, hätte mehr sein können *(winkt ab).* – Wissen Sie eigentlich, wie ich zur Seefahrt gekommen bin, hab ich Ihnen das mal erzählt? Nicht? *(lacht etwas in sich hinein)* – Ja, aber so was gibt's. – Sehen Sie, als ich das erste Mal an der See war, mit meinen Eltern, da hab ich einen Sturm erlebt. – *(lacht)* Als Kind halt, man war ein Kind, acht oder neun Jahre vielleicht. Was man sich da nicht einbildet, man weiß ja nichts. Und ob Sie's nun glauben oder nicht, das war's, das ist der Grund, weswegen ich... Ich wollt's einfach wissen.
Kleine Pause.

2.Offizier: Schiß, ha –! Haben Sie auf einem anständigen Schiff schon mal Schiß gehabt? – Früher vielleicht... nein, und selbst der Anfang – phantastisch, einfach phantastisch... die Magnetnadel, der Sextant, alles!
Kleine Pause.

2.Offizier: In dem Zusammenhang, wir haben neulich darüber geredet, haben Sie den Kapitän wegen der Kompensation angesprochen – die Kompensation und die anderen Sachen. – Sie hören gar nicht zu!

Kleine Pause.

2.Offizier: Ja, der Sextant –!

Ingenieur: Die Laufkatzen... der Kapitän, Sie sprechen von den Laufkatzen, der Kapitän, ja...

2.Offizier: Und die Magnetnadel –!

Doktor: Verzeihen Sie, wenn ich mich einmische, aber das ist interessant, sehr interessant – und Ihre Begeisterung!

2.Offizier: Ja, nicht!

Doktor: Die Navigation – Logik, Mathematik, Wissenschaft...

2.Offizier: Eben!

Kleine Pause.

2.Offizier: Wo wären wir ohne das!

Kleine Pause.

2.Offizier: Auf den Bäumen, sag ich Ihnen.

Der Mann lacht etwas.

2.Offizier: Oder im Einbaum, bestenfalls.

Kleine Pause.

2.Offizier: Vielleicht Küstenschiffahrt wie vor den Phöniziern.

Doktor(lächelt): Ja, Küstenschiffahrt. – *(zum Mann)* Was meinen Sie?

Der Mann lacht wie zuvor.

2.Offizier: Sie, ich habe ein Modell gebaut, die ‚Stella Zwo', Maßstab eins zu fünfzig, falls Sie das interessiert. Ich habe... *(bricht ab, sieht den Mann an)* Ja, ja, Navigation... selbst bei der ‚Stella Zwo'.

Doktor: Und das Ziel?

2.Offizier: Wie?

Doktor: Das Ziel. – Wohin geht die Reise?

2.Offizier: Erlauben Sie, wieso denn! – Das Ziel... das Ziel steht fest – das Ziel... bin ich – *(beschreibt mit einem Arm einen Kreisbogen)* von mir – zu mir! Verstehen Sie, von hier nach hier! So einfach!

Ingenieur: Das Ziel – na, klar, ob das ein anständiger Hafen ist... Liegemöglichkeiten – und ob da was los ist und so. *(sein Blick geht zur Tür)*

Doktor: Und ein bißchen Glück braucht's auch, oder?

2.Offizier: Was heißt Glück – darum hab ich diesen großen Maßstab gewählt, überlegen Sie, eins zu fünfzig! Ich sage Ihnen, das ist alles eine Frage der Größe und der Konstruktion.

Doktor: Ja, ja, der Konstruktion... Entschuldigung... *(geht zum Mädchen)* Wie geht es dir, Kind? Unterhaltet ihr euch?

Mädchen(lebhaft): O, ja, denk dir nur – *(zeigt ihr Buch)* er hat es auch gelesen, kürzlich, erst kürzlich wieder.

Doktor: Das freut mich – *(versucht den Titel zu lesen)* Was war es noch?

Mädchen: Aber Papa! – Ich hab dir doch erzählt davon.

Doktor: Ach, ja, natürlich, du hast mir erzählt. –
Und Sie haben es auch... kürzlich erst?

Mann: Ja.

Doktor: Eine unselige Verirrung, oder?

Kleine Pause.

Doktor: Aber nein, nein – unselig, ja, der arme
Mann – unser... unser... ja, was eigentlich? Wie soll
man es nennen? – Entdeckt die Jugend es wieder?
So etwas wie ein... Gefühl, meine ich.

Mädchen: Ich weiß nicht, das weiß ich nicht, aber –
(hebt das Buch) es ist so wahr.

Doktor(streichelt ihr die Hand): Ja, du hast recht,
wahr. – *(nachdenklich)* Unser... ja, was –?

Kleine Pause.

Doktor(zum Mann): Helfen Sie mir, bitte, Sie sagen
gar nichts. Sie glauben bestimmt...

Der Mann lacht wieder.

2.Offizier: Warum lachen Sie immer so? Ist Ihnen
nicht gut?

Mann: Ich mußte vorhin an einen Affen denken,
ganz zufällig.

Doktor(irritiert): Ein... Affe?

Mann: Ja, entschuldigen Sie. Ich habe ihn auf einer
Gesellschaft kennengelernt, erst neulich, einer
Abendgesellschaft. Ein ganz außergewöhnlicher
Affe, Einstein hieß er.

2.Offizier: Einstein, was Sie nicht sagen.

Mann: Ja, wenn man nicht gewußt hätte, daß es ein
Affe ist... ein geradezu verhirnter Affe, aber eben
ein Affe.

2.Offizier: Ein Affe...

Doktor(zum Mann): Nun, ich weiß – ich weiß, daß viele so gar nicht mehr gebildet sind, sich dem... sich ihrer... sich der Natur der Dinge zu stellen.

Kleine Pause.

2.Offizier (pfeift vor sich hin, zum Mann): Darum haben Sie gelacht? Was gibt´s da zu lachen?

Doktor: Die Angst, die sie hätten...

2.Offizier: Wer? Ich –? – *(pfeift wieder, geht auf den Doktor zu)* Etwa ich –? *(lacht)*

Pause.

Doktor(blickt zu Boden): Sie machen es sich schwer heute, sie haben es schwer. Sie sind so...

Mann: Nicht wahr!

Doktor: ...so partiell, ja, das drückt es aus.

Kleine Pause.

Doktor(sieht auf, zum Mann: Sie meinen, es ist dieses Prinzip? *(lacht etwas)* Ein Einsteinsyndrom gewissermaßen?

2.Offizier(nickt mit dem Kopf) : Einstein –!

Kleine Pause.

2.Offizier(zum Mann): Waren Sie hier schon mal an Bord?

Kleine Pause.

2.Offizier: Ich sage Ihnen jetzt was: Heute herrscht dieses Prinzip, total und universal. – *(monoton, als lese er vor)* Es kann Objekte objektiv analysieren, aber natürlich versteht es nichts. Man versteht die Welt, wenn man ihr zugehört. Aber die Objektivierer haben sich von ihr und von sich selbst geschieden. Die Welt als Objekt – der erste Schritt zu allgemeiner Paranoia!

Kleine Pause.

2.Offizier: Ehe Sie zu voreiligen Schlüssen hinsichtlich meiner Person kommen, gewisse Individuen... hm, Schiffbrüchige vor allem neigen bekanntlich dazu – das ist aus einem Manuskript, das jemand geschrieben hat, der hier an Bord gewesen sein soll. Vielleicht haben Sie auch nicht mitbekommen, daß Sie auf einem modernen Schiff sind und ich der Zweite Offizier darauf bin – also... *ich* glaube an bestimmte Prinzipien! Und wollen Sie dann ernstlich behaupten, ich sei –? Nun, dieses Wort, das ich gerade zitiert habe... Sie wissen schon. Wollen Sie ernstlich –?

Kleine Pause.

2.Offizier: Ja, hier war mal einer, der soll das Manuskript geschrieben haben, aber er ist dann verschwunden.

Kleine Pause

2.Offizier: Über Bord gegangen, glaube ich.

Kleine Pause.

2.Offizier: Ja? Wollten Sie etwas sagen?

Mann: Nein.

Kleine Pause .

2.Offizier(zum Ingenieur): Sie hätten es in Ihre Maschine geben sollen. Es taugt nichts.

Ingenieur: Was?

2.Offizier: Das Manuskript.

Kleine Pause.

Mann(zum Doktor): Ja, sie verarmen, sie...

Mädchen: Wenn man Sie hört, ist alles...

Mann(zum Mädchen): Keineswegs! Alle Glücksversprechen, sie sollen leben!

Der Zweite Offizier lacht. – Kleine Pause.

Mädchen(für sich): Nein, das glaube ich nicht.

Mann(ebenso): Sie leben einfach nur.

Kleine Pause.

Mädchen(wie vorher): Nein, es ist nicht so.

Mann: Ohne...ohne – ohne wirklich zu leben.

Mädchen: Papa – sag etwas!

Kleine Pause..

Mann: Prinzipien –!

Mädchen(erneut für sich): Ich kann damit nichts anfangen.

Kleine Pause. – Der Doktor nimmt die Hand des Mädchens.

Mann: Was geschieht, geschieht... es geschieht einfach – wo ist da irgendwo ein Sinn? – *(lacht wieder)* Affen eben...

Doktor: Es gibt Kriterien.

Mann: Ja. Gewohnheit – zum Beispiel. Und Ignoranz.

Doktor: Die Menschen haben... sie *haben* Prinzipien, doch.

Mann: Das Prinzip ‚Zeit', natürlich – wiederum zum Beispiel. Oder spezieller: das Prinzip ‚Zeit ist Geld'. Und sonst? Was haben sie noch? – Jämmerliche Instinkte, verkümmert obendrein.

2.Offizier(abschätzig): Ha, Schiffbrüchige –! Sie... Sie sollten froh sein, nur froh. Das hier – *(stampft auf den Boden)* sind Planken, sozusagen Planken, sehr feste Planken.

Doktor: Selbst wenn es so wäre, wir dürfen sie nicht...

Kleine Pause.

Doktor: Es wäre allerdings traurig, sehr traurig.

Mann: Mehr kurios.

Doktor(ungehalten): Und Sie, scheint mir –

Mann: Ja –?

Doktor: Nichts, entschuldigen Sie.

2.Offizier: Von wem reden Sie eigentlich? Noch von dem Affen?

Kleine Pause.

2.Offizier: Vom Affen, natürlich, von wem sonst. – *(zum Ingenieur)* Was laufen Sie so hin und her... das macht einen richtig nervös.

Ingenieur(setzt sich): Nichts, nichts! – Äh, die Luft –! Die Luft ist drückend, finden Sie nicht auch?

2.Offizier: Kann ich nicht sagen, ist schön frisch nach dem Wetter. Kommen Sie, spielen wir eine Runde.

Ingenieur: Die Luft... äh, ein andermal.

2.Offizier: Wie Sie meinen. – *(geht an den Ingenieur heran, nickt zum Mann hinüber)* Wissen Sie, was er gesagt hat, auf Deck oben? – Er sei... spazieren gegangen.

Kleine Pause.

Ingenieur: Ich habe ihm die Maschine gezeigt. – Er sagt, sie ist genial.

2.Offizier: Spazieren gegangen... *(schüttelt den Kopf)* Ob ich ihm das Modell zeigen kann, was meinen Sie?

Doktor(zum Mann): Sie müssen entschuldigen, ich kann Ihnen nicht folgen, da stoße ich an Grenzen, in mir selbst.

Mann: Ja, Sie.

Mädchen: Manchmal denke ich, Vater ist – ein Vater für uns alle.

2.Offizier(blickt nach oben und schüttelt den Kopf): Und ob Sie's glauben oder nicht, es war Schiß, ich hatte einfach einen gewaltigen Schiß.

Licht aus.

Wieder Licht.

Kapitän(am Getränkeschrank): Die gute ‚Stella', ja! – Die läßt mich nicht im Stich, *die* nicht! – *(zum Ingenieur)* Was gucken Sie so, haben Sie den Klabautermann gesehen? – *(sieht sich um)* Wo ist der Erste Offizier?

Ingenieur: Ich... weiß nicht. Er ist... nicht wohl, glaube ich.

Kapitän(hantiert mit einer Flasche): Nicht wohl! – *(trinkt ein Glas)* Keine Seeleute mehr – nicht wohl! – *(zum Mann)* Und Sie? Was ist mit Ihnen? – Eigentlich wären Sie dran, uns was zu erzählen, oder?

Mann: Schon, ja... *(blickt zum Doktor)*

Kapitän: Oder greift es – ich meine... greift es Sie zu sehr –?

Mann: Wie –?

Kapitän: Ja, vielleicht – *(betrachtet ihn)* Wie lang waren Sie denn im Wasser?

Mann: Im Wasser –? *(schaut wieder zum Doktor)* Nicht lange. Aber ich weiß nicht, ich glaube, ich weiß es nicht.

Kapitän: Ein eigenartiges Phänomen, man hört immer wieder davon. Solche... solche Leute sollen jegliches Zeitgefühl verlieren.

2.Offizier: Ganz recht, Kapitän. Eine Vorstufe von – *(blickt kurz zum Mann)* nun, ja, dieses Wort... *(zum Kapitän)* eine Art Verwirrung, nicht?

Kapitän: Sehr lang kann es nicht gewesen sein. Er macht doch einen frischen Eindruck.

2.Offizier: Ehrlich gesagt, mir ist jetzt auch wohler. Wissen Sie, was er gesagt hat, anfangs? – Er sei vom Himmel gefallen...

Kapitän: Vom Himmel –?

2.Offizier: Ja – vom Himmel!

Kleine Pause.

Kapitän: Haben Sie das geglaubt?

2.Offizier: Kapitän – vom Himmel!

Kapitän(betrachtet den Mann): Sie sehen nicht aus wie ein Seemann, das da, Ihre Verkleidung kann mich nicht täuschen, ich bin schließlich Kapitän. Sie sind als Passagier gefahren, ja?

Mann(lächelt): Als – Passagier, ja. Als Passagier.

Mädchen: Vater, willst du dich nicht setzen? *(sie gehen zum Sofa)*

Kapitän: Ja, und dann? Was ist passiert?

Mann: Wie?

Kapitän: Sie gingen über Bord?

Mann: Ich? – Nein.

Kapitän: Nicht? – *(schüttelt den Kopf)* Ja, was –?

2.Offizier: Sein Schiff ging unter.

Kapitän: Sein Schiff ging unter, richtig. – Wie?

2.Offizier: Man mag es nicht glauben, heutzutage geht ein Schiff unter.

Kapitän (wedelt mit der Klatsche, bedeutet ihm ruhig zu sein): Also... wie?

Mann: Ach, so! – Ja, wie? – Ich weiß nicht. Es ging unter.

Kapitän: Es ging unter. Aber wie?

Mann: Ich glaube, es war – es war ein Wal.

Kapitän und 2.Offizier: Was –?

Mann: Ja, ein Wal. Ich glaube, der... rammte uns.

Kapitän und 2.Offizier sehen sich an, dann den Mann und schütteln den Kopf.

Kapitän: Ein Wal? Sind Sie sicher?

Mann: Ein Wal.

Kapitän: Was sagten Sie, wie hieß das Schiff?

Mann: Das Schiff?

Kapitän: Ja, Ihr Schiff.

Mann: Ja, äh...

Kapitän: Wie?

2.Offizier: Jaäh –? Was ist das für eine Sprache? Finnisch?

Mann: Ja, äh... Kap... der Guten Hoffnung.

2.Offizier: Kap der Guten Hoffnung!

Mann: Kap der Guten Hoffnung.

Kapitän: Ein schöner Schiffsname – ein sehr schöner Schiffsname. Und was für ein Wal?

Mann: Ein – Blauwal. Ein großer Blauwal, riesengroß, wie ein U-Boot.

2.Offizier: Aha –! Ein U-Boot!

Kleine Pause.

Kapitän: Ein kleineres Schiff, ja?

2.Offizier. Ein U-Boot!

Kapitän: Sein Schiff meine ich. Ein kleineres, ja?

Mann: Kein U-Boot – ein kleineres Schiff, ziemlich klein. – Ja, und dann wollte der Wal mich verschlingen.

Kapitän: Wie... Jonas –?

Mann: Wie Jonas.

Kleine Pause.

2.Offizier: Kapitän, glauben Sie das?

Kapitän: Wer weiß. Auf See... *(nickt mit dem Kopf)*

Kleine Pause.

Kapitän: Was haben Sie sich denn gedacht, als Sie uns dann sahen? In Ihrer Not, nicht wahr?

Mann: Ich war...

Kapitän: Ja?

Mann: Ich war... neugierig.

Kapitän(sieht ihn seltsam an): Neugierig –? Hm, nun, Sie müssen das erst alles verarbeiten. Was Sie brauchen, ist Ruhe. – *(zum Doktor hinüber)* Was halten Sie von einer Partie? – *(geht zu einem Schrank, nimmt ein Kästchen heraus; zum Mann)* Sie spielen nicht Schach?

Mann: Nein.

Kapitän: Sie sollten es lernen, es schult das Denken, das logische Denken.

Kapitän und Doktor setzen sich an einen Tisch und beginnen zu spielen. Der Mann geht zum Mädchen.
Mann: Störe ich?
Mädchen(blickt auf): Ach, nein, gar nicht.
Kleine Pause.
Mädchen(legt das Buch beiseite): Ich kann jetzt sowieso nicht lesen.
Mann: Warum nicht?
Mädchen: Das Gespräch zwischen Vater und Ihnen...
Kleine Pause.
Mädchen: Glauben Sie nicht, daß man das in sich selbst trägt?.
Mann: Was meinen Sie?
Mädchen: Wenn man die Dinge so sieht wie Sie.
Der Mann hebt die Schultern.
Mädchen: Wie kann man damit leben?
Mann: Ich rede von mir, nur von mir.
Mädchen: Aber reicht das?
Kleine Pause.
Mann: Die Welt ist so.... Da – *(deutet auf das Buch)* sehen Sie nur da hinein.
Mädchen: Es ist großartig.
Mann: Großartig, ja, aber... Worte, Worte – nichts als Worte – ha, die Welt!
Kleine Pause.
Mädchen: Aber wir lieben die Welt!
Kleine Pause.
Mädchen: Die Welt – die Natur.

Mann: Die Natur! – Ich sehe nichts als ein ewig verschlingendes, ewig wiederkäuendes Ungeheuer – *(zeigt auf das Buch)* da steht es. Erinnern Sie sich?
Kleine Pause.
Mädchen: Sie lieben die Natur, nicht wahr? Das – Meer...
Mann: Das Meer – *(fährt sich mit der Hand über die Stirn)*
Kleine Pause.
Mädchen: Es soll Menschen geben, die im Meer nichts als eine öde Wüste sehen.
Mann(versucht zu lächeln): Als Schiffbrüchiger –
Mädchen(lacht leise): Nein, so etwas meine ich nicht. – Wie stumpf sie sein müssen. – *(denkt nach; dann zunächst verhalten, zunehmend schwärmerisch)* Das Meer – ist es nicht die reinste Natur? – *(lacht wie vorher)* Öde –! – Nein, wie lebendig es ist, so sehr lebendig... und friedlich dabei, ganz friedlich. Und weit, wie ist es weit, so weit wie der Blick nur gehen kann – und atmet es nicht? – Doch, es atmet, es atmet, mit langem, ruhigem Atem, mit seinem... Gezeitenatem. – Ja, es ist reich – und dann, die Kraft, die Kraft, die wilde, wilde Kraft, wenn es sich räkelt und mault und dann grollt und sich erhebt und brüllt – muß man als Mensch nicht seine Hände senken vor dieser Kraft? – Ach, und die Farben! All die vielen Farben... mit dem Licht des Himmels dazu – all diese Farben! Blau, blau, ein so leichtes Blau, und Blau... dunkel, so dunkel und strahlend auch – Blau, tief und geheimnisvoll.

Und Grau, so stumpf, so schwer, Grau von festem Blei, Grau des Morgens... des Morgens, ja, der Müdigkeit – türkis... Tropfen im Wiesentau, so rein und klar und – Rosa! Haben Sie diesen Schleier von Rosa je gesehen! Im Sonnenaufgang –! Und dann – der Mond! Der Mond... die Zauberfinger des Mondes, wie sie das Wasser streicheln! Und all die Wellen, all die glitzernden Wellen und Wirbel, die unter dem Mondlicht sich haschen und wiegen und träumen! Ach, und die Tiere! Die Tiere alle! Ach, es ist so... *(hält ein, noch beseelt von ihrer Vorstellung; nach und nach besinnt sie sich und zeigt sich verwirrt)*
Kleine Pause. – Im Folgenden tritt der Erste Offizier auf.
Doktor: Kapitän, Sie sind dran.
Kapitän(fährt zusammen): Wie?
Doktor: Sie sind dran.
Kapitän: O, entschuldigen Sie.
Doktor: Sie haben wieder geträumt.
Kapitän(sieht vom Brett auf): Ja, nicht, und das mir!
Doktor: Wir haben alle unsere kleinen Träume – mehr oder weniger kleine.
Kapitän(lehnt sich zurück): Ich komme auch nicht los davon. – Stellen Sie sich nur vor – Sie und ich, stets in Gala, unsere ,Stella' in Weiß! – Kreuzfahrtschiff ,Stella'! Ja, ich sehe sie – wie ein Traum! Und wo die Sonne ist, da sind auch wir, unter blauem Himmel, warmen Lüften, im ewigen, blühenden Frühling. Die Menschen an Bord sind wie verzaubert davon. Fröhliche, sorglose Menschen, die tun,

wonach ihnen gerade ist – ein heiteres, unverbindliches Vergnügen. Ein bißchen Flanieren, ein kleines Gespräch, etwas Shopping – und wieder Flanieren, ein Tennismatch, danach Swimmingpool, der Flirt an der Bar – spielen, tanzen ...essen, wozu sie Lust haben. Ja, die Gastronomie – alle Spezialitäten, das Raffinierteste... alles, alles im Überfluß. Und nicht nur davon – einfach alles, jede Unterhaltung, jeden Service. O, sie werden sich wohlfühlen, unsere Passagiere, sie sollen nichts entbehren, wir sind es ihnen schuldig! In den Kabinen und Salons, in jedem Raum – UV-Strahler, bläulich-violette UV-Magie, die – *(kleine Pause)* die sie anlockt, ihre Flügelchen verbrennt und sie in kleinem Knall – Peng! Peng! Peng! – zerplatzen läßt – Peng! Ja, UV-Strahler, überall UV-Strahler, auch da, wo wir anlegen, in den Häfen, Cafes und Restaurants, auf allen Plätzen und Straßen, überall wo wir hinkommen könnten, überall, wo wir die Hand auf die Karte legen und denken, wir könnten dort einmal hinkommen – UV-Strahler gegen Fliegen, Mücken und Schnaken, UV-Strahler für eine freie Welt freier Menschen. Peng!... Peng!... Peng! Hihi, und überall *(steht auf und geht)* hihi, überall Teppiche, solche Teppiche, so dick, ja, Teppiche, die jeden Schritt dämpfen und vornehm machen. Und die Menschen werden darüber hin schreiten wie es freien Menschen geziemt, und wenn sie des Schreitens müde sind, in üppige Polster sinken. – Und wir, Doktor, wir – *(macht eine beschwichtigende Geste)* in ruhiger, gelassener

Heiterkeit. Einmal hierhin grüßen, einmal dorthin lächeln, in der schönen Gewißheit, daß alles bestens bestellt ist. – Und Ihre –Tochter... ja, wir werden Feste feiern, rauschende Bälle, in großer Garderobe, mit vielen schönen Frauen, und Ihre Tochter – sie wird die Schönste sein, die Schönste von allen, umgeben von – umgeben... umschwirrt – ah... *(schlägt mit der Klatsche)*. Was meinen Sie, wann erleben wir das? – Sie lächeln, warten Sie´s ab, die Zeit kommt, jede Zukunft kommt. – *(setzt sich)* Na, gut, bringen wir erst das hier zu Ende.

Mädchen(steht auf, der Mann folgt ihr): Ich bin sehr früh mit dem Wasser in Berührung gekommen. Wir wohnten an der Küste und Vater... Wir hatten früher eine Segelyacht; da war ich als Kind schon viel draußen und als das mit... Mutter – ja, mit Mutter...

Kleine Pause.

Mädchen: Vater – Vater ging dann zur See, und ich ging mit ihm. Das Wasser verfolgt mich eben.*(lacht etwas)*

Kleine Pause.

Mann: Arbeiten Sie für Ihren Vater?

Mädchen: Arbeiten? Nein, ich... nein.

Mann: Und wie fühlen Sie sich hier – unter all den Männern, meine ich.

Mädchen: Wie eine Prinzessin!

Mann: Es gefällt Ihnen, ja?

Mädchen: Ich möchte mit nichts tauschen! Das ist – so eine Freiheit, ja, Freiheit. Das weite Wasser, wohin man blickt, alles ist offen.

Mann: Haben Sie viel gesehen?

Mädchen: Ja, ja – ja, eine Menge.

Mann: Da war Ihr Vater auf vielen Schiffen!

Mädchen: Nein, wir waren immer auf der ‚Stella'. Wir sind seit langem auf ihr.

Mann: Als sie noch fuhr!

Mädchen: Wie?

Mann: Als sie noch fuhr, jetzt liegt sie doch... jetzt – *(schaut sie unsicher an)* hier... auf diesen –

Mädchen(sieht ihn aufmerksam an): Ja –?

Kleine Pause.

1.Offizier: Sind Sie wieder dabei! Ich hab gehört, was Sie gesagt haben!

Kleine Pause. – Der Mann beachtet ihn nicht. Er schaut das Mädchen an, schließlich senkt er den Blick zu Boden.

1.Offizier: Streiten Sie es nicht ab! Das scheint zu stimmen, was man von Ihnen hört! Auf jeden Fall lassen Sie die Tochter des Doktors in Ruhe!

Kleine Pause, während der der Mann ihn ansieht.

1.Offizier: Was! Wollen Sie sich etwa rausreden? Sie werden sich nicht rausreden! – *(drohend)* Mann, reden Sie sich nicht raus!

Das Mädchen bewegt sich im Folgenden zu ihrem Vater hin, setzt sich dann zu ihm.

Mann: Sie gehen mir auf die Nerven.

1.Offizier: Wie reden Sie mit mir! Was denken Sie, wen Sie vor sich haben!

Kapitän(im Näherkommen): Meine Herren! – *(tritt an sie heran)* Was ist los?

Kleine Pause.

Kapitän(zum Ersten Offizier): Reden Sie!

1.Offizier: Fragen Sie ihn!

Kapitän: Ich frage Sie!

1.Offizier: Er – stänkert.

Kapitän: Ich weiß, wer sonst stänkert. – Also!

1.Offizier: Er stänkert – er hält die Leute zum Besten.

Kapitän: Wie?

1.Offizier: Wir liegen irgendwo an Land – gestrandet, aufgelaufen, was weiß ich!

Kapitän(mustert den Mann): Daß das aber nicht zur fixen Idee wird bei Ihnen. – *(zum 1.Offizier)* Sie haben nicht für ´nen Fliegenschiß Humor, was! – *(zum Mann)* Wissen Sie was, Sie trinken Ihr Glas aus und dann erholen Sie sich – von den Strapazen, meine ich.

Mann: Schon gut, ja, ich gehe.

Kleine Pause.

Mann: Wenn mir jemand den Weg zeigt.

Kapitän: Natürlich. – *(zum Zweiten Offizier)* Seine Kabine.

Mann(schüttelt den Kopf): Runter, Herr Kapitän. Runter.

Kapitän: Fangen Sie nicht wieder damit an! Ich habe Verständnis für Sie, aber Sie sollten nun wirklich...

Mann: In der Tat! Ich sollte wirklich! – *(sieht alle nacheinander an)* Was wollt ihr von mir? Habe ich euch etwas getan? Oder braucht ihr mich... braucht ihr mich – zum Mitspielen? Es mag ja unterhaltsam sein, aber ich... ich kenne die Spielregeln nicht. Ohne Regeln gibt's keinen Zusammenhang und keinen Sinn, versteht ihr? – *(sieht erneut in die Runde)* Bitte, erklärt mir die Regeln, wenn ihr welche habt, für mich macht es wirklich keinen Sinn, euer Affentheater.

2.Offizier: Herr Kapitän –!

Kapitän: Sie – Sie Flegel! Sie mißbrauchen Ihr Gastrecht! Sie sind undankbar, Sie angeschwemmtes Subjekt! – Wir haben alle unser Patent!

Doktor(nimmt das Mädchen, das anfängt nervös zu schluchzen, in den Arm): Kapitän!

Kapitän: Sie ...Sie können sicher sein –! Wenn ich nicht wüßte, daß Sie Schaden genommen haben – *(blickt kurz zum Doktor)* Sie –!

Doktor: Kapitän –! – Kind, bitte ...beruhige dich, bitte. Nicht weinen, ich bin bei dir.

Kleine Pause.

1.Offizier: Was für eine Aufregung! – Wir sind plemplem, oder? Da geht doch nichts dran vorbei! Er sagt es – und hat er nicht recht?

Doktor(leise): Herr Offizier –!

1.Offizier(entfernt sich etwas, leiser): Sie müssen nur die Augen aufmachen. Hat er nicht recht? Haben – *(lacht höhnisch)* Spaziergänger... nicht immer recht?

2.Offizier: Wer hat recht?

1.Offizier: Nein? Sehen Sie das nicht? – Mein Gott, wir liegen doch irgendwo – als Wrack, als rostiges, faulendes Wrack! Irgendwo, wo die Welt zu Ende

ist, wo's nicht mehr weitergeht – aufgelaufen...
Schiffbruch... Ende! – *(lacht etwas)* Ha, und wir
tun, als wäre nichts. Wir gehn unseren Geschäften
nach, als ob nichts wäre, als wären wir flott und
kreuzten auf hoher See! – Sie wissen das wirklich
nicht?

Kapitän: Ist der auch –?

1.Offizier: Klar, wir tun unsere Pflicht, unsere – be-
deutenden Pflichten! Wir nehmen's genau damit
und wir zanken und streiten und hassen uns. Wir
rechnen und kommandieren und tüfteln an der Hydraulik und, ha, am Kompaß... bestimmen den Kurs,
haha, und steuern! Wir tun... tun ernsthaft, als ging
's um sonst was – und ist doch barer Unsinn, nicht?
Ein verrücktes Spiel... *(lacht wieder)* nicht? – Und
wofür das alles? – Für die Katz, für nichts und wieder nichts, der blanke Irrsinn! O, wir deklamieren...
deklamieren in gesetzten Worten, mit respektabler
Intelligenz – ja, so irrsinnig sind wir gar nicht, man
sieht's uns kaum an, und trotzdem, hier – *(deutet an
seine Stirn)* hier hat sich was verrückt, *wir* sind verrückt... und wir sind blöd, weil wir's nicht merken.
Unser Schiff ist seit langem aus dem Kurs gelaufen,
und wir wissen es nicht, es hat Schiffbruch erlitten,
und wir sehen es nicht. – *(lacht)* Ist es nicht so?

Mann: Genau so, so ist es.

2.Offizier: Wie witzig! Ha, wie witzig! – Entschuldigen Sie, wenig originell!

1.Offizier(sieht zum Kapitän): Und unser Irrsinn hat
noch Träume. Unsere ‚Träume' machen den
Irrsinn– und sie geben uns den Rest.

Kapitän: Haben Sie auch den Verstand verloren? – Sparen Sie sich Ihre Blödeleien für woanders auf! – *(schaut hilflos umher)* Wo bin ich? – Ist das eine Krankheit? Hab ich´s nur noch mit – *(sieht zum Mann und macht wieder die entsprechende Geste)*
Doktor: Kapitän –!
Mann(geht auf den Kapitän zu): Sie haben recht, ich bin bald selber im Zweifel. Wer von uns ist denn nun –? *(macht die Geste des Kapitäns nach)*
Kleine Pause.
Mann: Doktor! – Herr Doktor!
Kleine Pause.
Mann: Herr Doktor, Sie sind mir eine Erklärung schuldig. Es ist an der Zeit, daß Sie mir sagen, was hier vor sich geht.
Kleine Pause.
Mann: Herr Doktor, was für eine Therapie machen Sie mit diesen Leuten?
2.Offizier: Der Mensch ist wahnsinnig.
Mann: Bitte, Herr Doktor, ich verlange Aufklärung. – Was für ein Experiment ist das hier?
Kleine Pause.
Mann: Warum schweigen Sie? – Bitte, Herr Doktor, die Wahrheit.
Kleine Pause.
Mann: Bitte.
Der Doktor betrachtet das Mädchen. Sie hat sich an ihn geschmiegt und starrt vor sich hin. – Drüben wirft der Erste Offizier einen Blick auf seine Uhr. Er entfernt sich ohne Hast von der Gruppe und geht

zur Tür, wobei er dem Ingenieur kurz zunickt. Danach verläßt er den Raum. – Der Doktor löst sich behutsam vom Mädchen, steht auf und geht einige Schritte von ihr weg. – Der Ingenieur strafft sich und nähert sich dem Kapitän. – Der Doktor wendet sich wieder dem Mädchen zu und sieht sie an.

Doktor: Die Wahrheit – *(er wendet sich dem Mann zu, mustert ihn lange, schüttelt den Kopf)* Sie meinen *Ihre* Wahrheit. – Ihre Wahrheit ist... *(winkt ab)*. *Kleine Pause.*

Doktor: Sie haben die Menschen offenbar aufgegeben. Aber wir dürfen uns und die Dinge nicht aufgeben. Wir müssen weitermachen, trotz allem.
Dünkel, Arroganz oder Lebensangst, nein, nein! – Empathie, Verständnis, Mitgefühl! – *(schüttelt den Kopf)* Und Rigorosität hilft noch am wenigsten weiter. Oder wollen Sie –?

Von draußen plötzlich Geschrei und Lärm.

Ingenieur: Kapitän – bitte, verhalten Sie sich ruhig!

Der Kapitän wirft einen raschen Blick von der Tür zum Ingenieur und wieder zur Tür.

Ingenieur: Es – passiert Ihnen nichts! – *(will ihn am Arm festhalten)*

Der Kapitän hat die Situation erfaßt und stößt den Ingenieur von sich. Als der Erste Offizier die Tür aufreißt und mit seinen Männern hereinstürmt, ist er schon an der gegenüberliegenden.

Kapitän: Sie haben Schuhe an! Sie haben alle Schuhe an! – *(hält kurz, um das Licht im Salon auszuschalten; dann von außerhalb)* – Steuermann, Alarm! Hier –! Hier her!

Im Dunkel allgemeiner Tumult.

Achtes Bild

Am nächsten Tag. – Der Salon. – Durch die Fenster im Hintergrund geht der Blick auf das Meer. – Einige Matrosen, alle mehr oder weniger lädiert, sind mit der Herrichtung des Raumes für die nachfolgende Verhandlung beschäftigt.

2.Matrose(hinkend): Wie sollen die Tische?

1.Matrose: Da...da... *(zeigt)* und dahinter die Sessel.

2.Matrose: Wo?

1.Matrose(geht vor die Tür zum Kapitänsraum): Hier zwei Tische... und dahinter drei Sessel! – *(geht einige Schritte in den Raum hinein)* Und hier die drei Stühle! – *(sieht den Zweiten Matrosen an)* Das kann der Dämlichste kapieren, oder? – Hier drei Stühle, da zwei Tische, dahinter drei Sessel!

2.Matrose(stützt sich auf einen Tisch): Junge, was hätt´ ich ausgeteilt, drauf, immer drauf, wie´n Gaul tritt.

1.Matrose: Paß auf, daß du dir nicht noch das Maul verrenkst.

2.Matrose: Aber ich hab ihn nicht erwischt, verflucht, ich hab ihn nicht...

3.Matrose: Wen hast du nicht erwischt?

1.Matrose(reißt am Tisch, so daß der Zweite Matrose den Halt verliert): Pack an!

2.Matrose(richtet sich mühsam wieder auf): Bist du noch –! Ooh...

1.Matrose: Wirst alt, was? – Pack an!

Steuermann(kommt aus dem Kapitänsraum und schaut sich um): Los... los, Beeilung! – Da, die

Stühle noch! – *(zeigt auf den Teppich)* Und den Teppich, zieht den Teppich gerade! – Los!

Alle ab. Der Kapitän, Zweiter Offizier und Steuermann kommen aus dem Kapitänsraum, setzen sich auf die Sessel hinter den Tischen. Erster Offizier, Ingenieur und der Mann, von Zweitem und Drittem Matrosen flankiert, werden hereingeführt, nehmen vor den Stühlen Aufstellung.

Mann: Machen Sie Schluß mit dem Theater! – Ich hab´s satt! Endgültig!

Kapitän: Angeklagter, achten Sie die Würde des Hohen Gerichts. Setzen Sie sich und reden Sie, wenn Sie aufgefordert werden. – *(laut)* Set-zen Sie sich! Alle setzen!

Der Mann läßt sich, da gleichzeitig die Posten Anstalten machen einzugreifen, auf seinen Stuhl nieder, die anderen ebenfalls.

Kapitän(zum Mann): Zu Ihnen kommen wir später. – Erst zu diesen.

Kleine Pause.

Kapitän: Der Sachverhalt ist klar. – Sie sind beschuldigt des schwerwiegenden Angriffs auf die Schiffsordnung in Wort und Tat... sowie – ah, das reicht... Schiffsordnung! – Also, bekennen Sie sich schuldig?

Ingenieur(steht auf): Nein – nein...

Kapitän(laut): Was!

Ingenieur: Nein – ja, ich meine, nein...

Kapitän: Was! Reden Sie vernünftig, Mensch! Los!

Ingenieur: Ja, aber...

Kapitän: Was aber!

Ingenieur(zum Ersten Offizier hin): Er hat alles gemacht, er!

Kapitän: So! – So! – Sie... Sie haben! Sie! – Sie haben ihm *(zeigt auf den Mann)* die Maschine gezeigt! Haben Sie ihm die Maschine gezeigt?

Ingenieur: Ja.

Kapitän: Und erklärt!

Ingenieur: Ja.

Kapitän: Sie haben mitgeholfen!

Ingenieur(wieder zum Ersten Offizier hin): Er war's – ich weiß nichts!

Kapitän: Sie wissen nichts! Sie wissen noch immer nichts! – Was haben Sie zu Ihrer Rechtfertigung vorzubringen?

Ingenieur: Ich weiß nichts, ich...

Kapitän: Nichts?

Ingenieur: Ich war so durcheinander – die Auseinandersetzung mit Ihnen...und diese Reden, diese komischen Reden!

Kapitän: Was für Reden?

Ingenieur(zum Mann hin): Von ihm...*(zum Ersten Offizier hin)* und ihm – ja, er auch – und ich dachte, der ist auch verrückt geworden... und dann war er plötzlich draußen, und ich wußte nicht, was ich tun sollte und. ..

Kapitän(zum Ersten Offizier): Haben Sie etwas zu Ihrer Rechtfertigung vorzubringen?

Der Erste Offizier steht auf und schweigt. Der Kapitän bedeutet ihm und dem Ingenieur sich zu setzen. Dann nickt er dem Mann zu. Der bleibt zu-

nächst sitzen, der Zweite Matrose stößt ihn an, worauf er sich erhebt.

Kapitän: Wir sind in die schwere Pflicht genommen – *(hebt vorsichtig die Klatsche und schlägt auf den Tisch)* Sechzehn, ein guter Tag – *(zum Steuermann)* Sechzehn, notieren Sie! – Recht sprechen zu müssen, ich wiederhole – Recht! Die Sache dieses Angeklagten scheint mit der der anderen in keiner unmittelbaren Beziehung zu stehen, auf den ersten Blick scheint es so. Aber Recht sprechen heißt zunächst Zusammenhänge aufzudecken, in diesem Fall Geschehenszusammenhänge. *(beugt sich vor und deutet auf den Ingenieur)* Der Angeklagte hat gerade zu seiner Entlastung angeführt, daß ihn die... komischen Reden –. Ich frage, ist es nicht in der Tat so, haben wir nicht alle gehört, daß in den Worten dieses schiffbrüchigen Subjekts der Geist der Exaltiertheit und des Widerspruchs liegt, der Geist des Sinnverwirrenden, des Negativen, das jede Schiffsordnung untergräbt? – Es ist so... und darum ist eine mittelbare Beziehung zu dem Bösen, das uns heimgesucht hat, gegeben. – *(zum Mann)* Sie sind von der...

2.Offizier: ,Kap der Guten Hoffnung'.

Kapitän: Ich will es von ihm selbst hören... nun!

Kleine Pause.

Kapitän: Welche Flagge führte das Schiff?

Mann: Es war ein Scherz.

Kapitän: Was war ein Scherz?

Mann: Sie wissen es so gut wie ich – *(starrt ihn an, schüttelt dann den Kopf)* Nein, Sie wissen es nicht, oder? *(sieht sich um)* Wo ist der Doktor? – *(mit plötzlicher Unruhe)* Sie, wo ist der Doktor?
Kapitän: Hier stelle ich die Fragen! – Angeklagter, wo kommen Sie her?
Mann: Was ist mit dem Doktor?
Pause.
Kapitän(zu den Beisitzern): War nicht alles ein abgekartetes Spiel? Von Anfang an *(deutet zum Ersten Offizier)* von dieser Person geplant? Zunächst unter dem Deckmantel des Idioten subversive Parolen verbreiten lassen, um sie dann selbst... Haben wir es etwa nicht gehört? – Von ihm persönlich gehört! – „Schiffbruch"... „Wrack"... „Ende"... und was noch alles!
Aus der Tür hinter dem Kapitän ist der Erste Matrose getreten, er beugt sich herunter und flüstert ihm etwas zu, geht dann wieder.
Mann: Sie sind verrückt. Holen Sie den Doktor und lassen Sie mich gehen.
Kapitän(verharrt einen Moment, dann zum Ersten Offizier, der aufsteht): Gestehen Sie! – *(zeigt auf den Mann)* Sie kennen diesen Menschen!
Pause.
Kapitän(sieht auf seine Armbanduhr, schüttelt den Kopf) Als hätte man nichts Besseres zu tun... *(erhebt sich):* Das Hohe Gericht zieht sich zur Beratung zurück. – (zum Zweiten Offizier)* Freitag ist ein Eskimo gewesen, glauben Sie nicht auch? Es gibt eine Menge Indizien, die dafür sprechen.

Kapitän und die Beisitzer ab in den Kapitänsraum, vor dessen Tür zwei weitere Matrosen Posten beziehen.

Pause.

Ingenieur(zum Mann): Sie –! Was müssen Sie den Alten noch reizen!

Mann: Lassen Sie mich in Ruhe. *(geht zur Wand hinüber und setzt sich)*

Ingenieur: Herr Gott, ich bin dämlich, so dämlich – ich dämlicher Hund! – *(vor dem Ersten Offizier, der auf seinem Stuhl sitzt)* Du bist dran Schuld, du hast mich überredet! – Warum sagst du nicht, wie's war? – Weißt du, was uns blüht? – Wir sind fertig... wo wir hinkommen, erledigt – wenn nicht noch mehr! – *(denkt einen Moment nach)* Was hat der Alte gehabt... vorhin, zum Schluß, als der da reinkam? Der war auf einmal so komisch, hast du's gesehn? – Was war das? Weißt du's nicht? – Sag was! Sitz hier nicht rum, als ging's dich nichts an! Du weißt ja sonst alles – los, los!

Es klopft. Der Erste Matrose kommt durch die andere Tür herein und stellt eine Kanne und drei Becher auf einem Tisch ab. Mit dem Tablett in der Hand schaut er im Raum umher, als suche er etwas, nähert sich dabei dem Mann.

1.Matrose: Kopf hoch, Kumpel!

Der Mann blickt auf.

1.Matrose: Wird schon werden.

Mann: Ja, ja.

1.Matrose: Die könn´ dir nichts. Du bist ´n bißchen marode – die Nerven.

Mann(versucht zu lächeln): Ist gut.

1.Matrose: Wenn´s einer mit den Nerven hat, dem könn´ sie nichts.

Kleine Pause.

1.Matrose: Nur keine Bange. – *(dreht das Tablett in den Händen)* Willst du ´n Schluck Wasser?

Mann: Ja, gern.

Der Erste Matrose grinst, geht zum Tisch und füllt einen Becher.

2.Matrose: He! Wohin?

1.Matrose: Er hat Durst.

2.Matrose: Nichts davon!

1.Matrose: Er will was trinken.

2.Matrose(tritt vor): Nichts! Gar nichts! Der nicht!

1.Matrose: Leck mich am Mors! *(schüttet das Wasser vor dem Zweiten Matrosen auf den Boden und bringt den Becher zum Tisch zurück. Danach geht er zum Mann, reicht ihm die Hand und verläßt den Raum. – Gleich darauf kommt das Mädchen herein. Alle mit Ausnahme des Ingenieurs, der auf seinem Stuhl zusammengesunken ist, sehen zu ihr hin. Sie bleibt zunächst bei der Tür stehen und schaut im Raum umher. Dann schreitet sie langsam zum Ersten Offizier und sieht ihm länger ins Gesicht. Als sie vor dem Ingenieur steht und dieser sie wahrnimmt, steht er auf und weicht vor ihr zurück. Schließlich geht sie zum Sofa und läßt sich dort, den Blick aufs Meer gerichtet, nieder. – Der Mann tritt zögernd an sie heran.*

Mann: Was –? Was ist? – Bitte – kann... ich helfen? Irgendwie helfen –?

Das Mädchen bleibt unverändert. – Der Mann wendet sich ab. – Der Erste Offizier ist ebenfalls nähergekommen. Er zögert einen Moment, geht dann rasch an das Mädchen heran und faßt sie an der Schulter. – Das Mädchen schreit auf. Sie weicht in die Ecke des Sofas zurück, von wo sie mit der Hand auf ihn weist.

Mädchen: Weg! – Weg! – Von mir... geh von mir! – Satansmaske –!

Der Erste Offizier weicht zurück. Er blickt umher und macht danach wieder zwei Schritte vorwärts.

Mädchen(erneut mit der Hand deutend): Da – da ...da ist es – da! – Was willst du? – Geh von mir ...fort, Scheusal! Fort! – *(läßt die Hand sinken, ruhiger)* Oh, nein... ein Mensch, nur ein Mensch, ein – schlechter Mensch. – *(sieht ihn an)* Sie sind mir nicht gleichgültig – nein, schlechte Menschen sind mir nicht gleichgültig. – *(schüttelt den Kopf)* Nichts für mich... der Kapitän hat recht. Ich... ich will Ihnen meine Abneigung deutlich zeigen, ich will Ihnen den – Kopf abreißen. – *(betrachtet ihn wieder, als überlege sie)* Nein, das – darf ich nicht, Vater sagt... Er ist ein –. Ja, ein Mensch, er hat – Vater... doch, Vater – er hat dich... umgebracht und darum... Warum sagst du das, Vater – warum darf ich nicht...? – Auch schlechte Menschen nicht? – Warum sagst du das... der Mensch hat dich umgebracht – Vater. – *(lächelt töricht)* Hören Sie... Sie

Mensch – ich will Sie nicht im Ungewissen lassen, hören Sie – und der Kapitän wird zufrieden sein.
Pause.
Ingenieur(beim Ersten Offizier): Die... die ist – das muß man nicht ernst nehmen, was! Guck sie dir an, die weiß nicht, was sie redet, guck doch! Nein, der Doktor, der doch nicht – hast du was mitgekriegt, du! – Du, weißt du was, oder –? *(weicht einige Schritte zurück)* Du – du warst es ...sie hat's gesagt – *(flüsternd)* mein Gott – der Doktor... der Doktor – *(springt vor, reißt den Ersten Offizier mit beiden Händen an den Schultern)* der Doktor! Hast du das gehört! Der macht uns fertig! Der Alte, der macht uns fertig!
Der Erste Offizier schüttelt ihn ab, dann geht er zu seinem Stuhl und setzt sich.
Ingenieur: Sie weiß, wer's war! Sie weiß alles! – Aber der Doktor... der Doktor doch nicht –! Ich hab nichts damit zu tun – nichts, nichts! – *(eilt zum Mädchen)* Sie wissen es! Sagen Sie's dem Kapitän! Alles! Alles! – Ich bitte Sie! *(sinkt vor ihr auf die Knie, hebt die gefalteten Hände)* Bitte!
Mann(zu den Posten, schreit): Was steht ihr da! Das ist nicht auszuhalten!
Licht aus.

Licht an. – Der Kapitän, die Beisitzer, vier Posten. Der Zweite Offizier bedeutet zwei Posten, die Ange-klagten zu holen, die dann hereingeführt werden.
Kapitän: Das Hohe Gericht legt Wert auf die Fest-stellung, daß es sich bei der Urteilsfindung einzig...

Der Kapitän und die Beisitzer erheben sich.
Kapitän: Im Namen von –: Das Hohe Gericht verkündet, daß der Erste Offizier sowie der Ingenieur für schuldig befunden werden der Planung, Anstiftung und Durchführung... im Gefolge davon der Herbeiführung und – *(schlägt mit der Klatsche auf den Tisch)* Peng! – der eindeutigen Begehung.
Kleine Pause.
Kapitän: Für die Angeklagten ergeht folgendes Urteil: Aberkennung aller ihrer dienstlichen Rechte und Pflichten, Enthebung ihrer Posten und Herbeiführung des – Peng! Peng! – desselben!
Kleine Pause.
Kapitän: Die Vollstreckung des Urteils wird auf zwanzig Uhr angesetzt.
Der Kapitän und die Beisitzer nehmen Platz. Nach einem Moment der Erste Offizier und danach der Mann.
Ingenieur: Peng – *(wischt sich über Stirn und Augen)* Peng –? Herr Kapitän, Kapitän, es ist ...sehen Sie mich an, ja? – Sehen Sie mich an ...ich tu nicht so – *(fährt sich wieder über die Stirn)* ich bin... Peng, hi... Kapitän, Sie scherzen, nicht? – *(starrt ihn an)* Kapitän –! Herr Kapitän, bitte...
Kleine Pause.
Kapitän: Peng!
Ingenieur(schreit): Nein! Nicht Peng! – *(will auf den Kapitän los)* Nein...!

Er wird von den Posten abgefangen und auf seinen Stuhl zurückgebracht. Der Mann hat die Hände hochgerissen und hält sich die Ohren zu.

Kapitän(zu ihm): Angeklagter, folgen Sie der Verhandlung! – *(laut)* Nehmen Sie die Hände herunter!

Der Zweite Matrose stößt den Mann derb an. Der läßt die Hände langsam sinken und steht auf.

Kapitän: Ich sehe mit Genugtuung, Angeklagter, daß Ihre anfänglichen Zweifel an der Ernsthaftigkeit, vielleicht sogar Legitimität des Hohen Gerichts anderer Einsicht Platz gemacht haben. Wie es aussieht, haben Sie sich Ihren Realitätssinn erhalten oder wiedergefunden. – In Ihrem Fall, Angeklagter, hat sich das Hohe Gericht keine abschließende Meinung bilden können. Möglicherweise werden Sie wieder dem Wasser übergeben, aus dem Sie gekommen sind. Mögen dann höhere Mächte über Sie richten. Das Urteil des Hohen Schiffsgerichts wird Ihnen spätestens nach Vollstreckung des zuvor ergangenen eröffnet. Bis dahin stehen Sie weiterhin unter Arrest! – *(zum Steuermann)* Posten vor die Türen! Die beiden unter Deck!

Der Kapitän erhebt sich und alle bis auf den Mann ab. Er verharrt einen Moment, geht dann schnell zu einem der Fenster und starrt hinaus.

Mann: Urteil?! – Was habe ich getan?!*(zu einer Tür, schlägt dagegen, laut)* Wo ist der Doktor? Ich will raus hier! – Raus!

Neuntes Bild

An Deck des Vorderschiffes, auf dem die Maschine aufgestellt ist. Am und in Höhe des Trichters ist eine Rampe angebracht, zu der eine Treppe hinaufführt. – Die Sonne ist im Untergehen. Bis zum Ende des Stückes Eintritt der Dunkelheit, wie sie zu Anfang herrschte. – Die Besatzung ist angetreten, vor ihr der Kapitän und der Zweite Offizier. Bei der Maschine die Verurteilten mit Posten, der Mann abseits von ihnen. Erster Offizier und Ingenieur haben die Hände auf dem Rücken gefesselt. Während der Ingenieur von zwei Posten gestützt wird, bemüht sich der Erste Offizier um Haltung.

Kapitän: ...ausnahmslos! Jeder Versuch endet wie dieser, für jeden! – *(wendet sich zu den Verurteilten)* Das Urteil ist... äh, kräftig verkündet! Sie haben Gelegenheit zu einem letzten Wort. – *(tritt vor den Ersten Offizier)* Also –!

Der Erste Offizier hebt den Kopf und sieht an ihm vorbei. – Der Kapitän stellt sich vor den Ingenieur.

Kapitän: Nehmen Sie sich zusammen! – Haben Sie etwas zu sagen? Ein letztes Wort!

Ingenieur: Ich...

Kapitän(geht zu seinem vorherigen Platz): Im Namen der – fangt an!

Die Posten beginnen, dem Ersten Offizier und dem Ingenieur Augenbinden umzulegen.

Ingenieur: Bitte –

Die Posten machen weiter.

Ingenieur(lauter): Bitte –!

Die Posten halten ein.

Ingenieur: Die Augen, bitte...

Kapitän: Ihr letzter Wunsch?

Ingenieur: Die Fesseln, bitte.

Der Kapitän nickt. – Die Posten nehmen die Augenbinde ab und lösen die Fesseln. – Der Ingenieur geht zur Maschine und fährt einige Male mit der Hand darüber. Dann schaltet er sie ein und geht die Treppe hinauf auf die Rampe.

Ingenieur: Es lebe die Zukunft!

Kapitän: Sie –!

Ingenieur: Es lebe der mediale Fortschritt!

Kapitän: Sie haben Ihr Recht auf Zukunft verwirkt!

Er sieht, daß das Mädchen sich nähert. Er bedeutet dem Zweiten Offizier, sie wegzuführen. Sie läßt sich jedoch nicht beirren und kommt langsam näher. Sie geht auf den Ersten Offizier zu und nah an ihn heran, betrachtet ihn.

Mädchen: Du kommst... mir bekannt vor – *(weicht zurück)* Ich kenne dich! – Ich –? Einen schlechten Menschen? Warum? Was habe ich –? *(starrt zu Boden)*

Der Erste Offizier wird auf die Rampe geführt.

Mädchen(sieht auf und winkt ihm zu): Glück... Glück auf die Reise – Glück...

Kapitän: Los doch! – Los!

Während der Erste Offizier von den Posten in den Trichter gestoßen wird, springt der Ingenieur alleine hinein

Ingenieur: Komma, ich *bin!*

Mädchen: Hihi... Ich will Ihnen den Kopf abreißen... hihihi... den Kopf!

Kapitän(schlägt mit der Fliegenklatsche): Ha, haha... Peng! Einundvierzig! – Peng! Zweiundvierzig! – Haha... notieren Sie! Einundvierzig! Zweiundvierzig! Peng! Peng! Hahaha...

Die Mannschaft stimmt in das Lachen ein. Der Mann stürzt zu Boden.

Licht aus. – Unterbrechung der Szene.

Licht an. – Weitgehend dunkle, leere Bühne. – Der Mann bewegt sich mit geschlossenen Augen und vorgestreckten Armen, ins Dunkel tastend, langsam vorwärts, bleibt dann stehen.

Mann: Ist da jemand?

Kleine Pause. – Er geht weiter und stößt auf den Doktor.

Mann: Sie sind es.

Doktor. Ja.

Kleine Pause.

Mann: Sie sind so weit weg.

Kleine Pause.

Doktor: Suchen Sie jemand?

Mann: Sie.

Doktor: Es sah aus, als suchten Sie jemand.

Mann: Aber Sie sind so weit weg.

Doktor: Entschuldigen Sie.

Kleine Pause. – Der Mann geht einige Schritte weiter.

Mann: Sie sind tot, nicht?

Doktor: Nein.

Mann: Es wurde erwähnt, daß Sie tot sind, beiläufig erwähnt. – Wie geht es Ihnen?

Doktor: Bitte?

Mann: Wie geht es Ihnen?

Doktor: Ich bin nicht tot. *(ab)*

Stimme des Mädchens: Aber wir lieben die Welt.

Kleine Pause.

Stimme des Mädchens: Wir lieben die Welt, in der wir leben und atmen und wir tun nichts...

Kapitän(aus dem Dunkel): Nein, wir tun nichts.

Mann: Wir tun nichts!

Stimme des Mädchens: Wir tun ihr keine Gewalt mit bösem Haß oder Gleichgültigkeit. Wir lieben die Menschen und alle Geschöpfe dieser Welt...

Kapitän(wie vorher): Weil wir die Welt selbst auch lieben. *(lacht)*

Stimme des Mädchens: Aber wir lieben die Welt. Wir *lieben*!

Mann: Die Geschichte der Menschen wird Episode sein, belanglose Episode im Nichtmaß der Zeit.

Kapitän(wie vorher): Wir lieben sie doch! *(lacht erneut)*

Mann: Ein letzter und wüster Traum vor dem Erwachen im Morgendämmern. O, welche Zukunft der Welt!

Ingenieur(aus dem Dunkel): Ich bin der Ingenieur. Ich glaube an das Konstruktive, weil ich nicht weiß, ob ich selbst bin oder nicht.

2.Offizier(aus dem Dunkel): Ich bin der Zweite Offizier. Ich glaube an das Prinzipielle, weil das beweist, daß ich nicht paranoid bin.

Mann: O, ja, wie wird die Erde erblühen, wenn der ewig während Sonnentag des frühen Seins wiederkehrt. Ja, welche Zukunft!

Doktor: Ist das eine Utopie?

Mann: Ja.

Doktor: Ganz ohne – Schicksal?

Mann: Keine Menschen... kein Schicksal.

Doktor: So sei es – das Ende! – Das Ende der Geschichte... Zeit ohne Geschichte komme wieder herauf! *(Ab)*

Kapitän(wie vorher): Die Geschichte ist gerecht. Das Siegreiche ist immer gerecht, weil es recht hat.

Ingenieur(wie vorher): Ich bin der Ingenieur. Ich habe eine Maschine gebaut.

2. Offizier(wie vorher): Ich bin der Zweite Offizier. Ich habe ein Modell gebaut.

Der Mann geht weiter.

Mann: Vater, du! – Wo finde ich deine Tochter? Wo ist sie?

Kleine Pause.

1.Offizier(tritt etwas ins Licht): Ich bin Erster Offizier. Ich weiß nichts.

2.Offizier(ebenso): Ich bin Zweiter Offizier. Ich habe Angst vor einem großen Sturm.

Stimme des Doktors: Ihr könnt ohne Schrecken leben.

Kapitän(desgleichen): Wir sind Kapitäne.

1.Offizier: Wir sind Erste Offiziere.

2.Offizier: Wir sind Zweite Offiziere.

Ingenieur(desgleichen): Wir sind Ingenieure.

Alle vier zusammen: Aber wir wissen nicht, wer wir sind.

Stimme des Doktors: Habt Ehrfurcht und ihr könnt ohne Furcht leben.

Alle vier: Wir sind Menschen, aber wir wissen nicht, wer wir sind. Wir haben Angst vor der Wahrheit des Todes. Wir haben Angst vor der Wahrheit des Lebens und dem, was ist. Darum bauen wir Maschinen und Schiffe und Sterne.

Stimme des Doktors: Der Tod ist sanft. Ihr könnt ohne Schrecken leben.

Alle ab.

Mädchen(sitzt auf einem Stuhl und liest aus dem Buch): „...wenn ich jene Berge, vom Fuße bis auf zum Gipfel, mit hohen, dichten Bäumen bekleidet, all jene Thäler in ihren mannichfaltigen Krümmungen von den lieblichsten Wäldern beschattet sah, und der sanfte Fluß zwischen den lispelnden Rohren dahingleitete, und die lieben Wolken abspiegelte, die der sanfte Abendwind am Himmel herüber wiegte, wenn ich denn die Vögel um mich, den Wald beleben hörte, und die Millionen Mückenschwärme im letzten rothen Strahle der Sonne muthig tanzten, und ihr letzter zukkender Blick den summenden Käfer aus seinem Grase befreyte und das Gewebere um mich her, mich auf den Boden aufmerksam machte und das Moos, das meinem harten Felsen seine Nahrung abzwingt, und das Geniste, das den dürren Sandhügel hinunterwächst, mir alles das innere glühende, heilige Leben der Natur eröffnete, wie umfaßt ich das all mit warmen Herzen, verlor mich in der unendlichen Fülle, und die herrlichen Gestalten der unendlichen Welt bewegten sich alllebend in meiner Seele. Ungeheure Berge umgaben mich, Abgründe lagen vor mir, und Wetterbäche stürzten herunter, die Flüsse strömten unter mir, und Wald und Gebürg erklang. Und ich sah sie würken und schaffen in einander in den Tiefen der Erde, all die Kräfte unergründlich."

Mann: „Ach damals, wie oft hab ich mich mit Fittigen eines Kranichs, der über mich hinflog, zu dem Ufer des ungemessenen Meeres gesehnt, aus dem schäumenden Becher des Unendlichen, jene schwellende Lebenswonne zu trinken, und nur einen Augenblick in der eingeschränkten Kraft meines Busens einen Tropfen der Seligkeit des Wesens zu fühlen, das alles in sich und durch sich hervorbringt."

Im folgenden Aufhellung der Bühne, die eine Landschaftsidylle zeigt. Einsetzen von Vogelstimmen, Plätschern eines Baches usw.

Mädchen(steht auf): Ich heiße Stella.

Mann(wendet sich ihr zu und öffnet die Augen): Stella!

Kapitän: Wir wissen Bescheid.

Mann: Stella, du –!

1.Offizier: Natürlich, wir wissen alle Bescheid.

Mann: Gibst du mir deine Hand?

Ingenieur: Wir tun nur so, als wüßten wir nichts.

Mädchen: Ja, gib auch du mir deine Hand.

2.Offizier: Weil wir Modelle und Maschinen bauen, haben wir vergessen, was Menschen einst wußten.

Der Mann und das Mädchen gehen aufeinander zu und fassen sich an der Hand.

Mann: Komm, wir gehen.

Mädchen: Ja, laß uns gehen. – Vater!

Stimme des Doktors: Mein Kind?

Mädchen: Wo bist du?

Stimme des Doktors: Ich bin bei euch, für immer bei euch, geht euern Weg – geht euern Weg im Kreis eurer Bestimmung.

Mädchen: Ich danke dir. Du bist mein guter Vater.

Stimme des Doktors: Und du bist meine gute Tochter. Du bist gut und reich und schön.

Der Mann und das Mädchen setzen sich in Bewegung und gehen langsam im Kreis. Die anderen schließen sich ihnen an.

Kapitän: Stella, glaubst du, daß ich weiß, wo wir sind?

Mädchen: Ich weiß es.

Kleine Pause.

2.Offizier: Ich habe mich erinnert, wer ich bin.

Kleine Pause.

Ingenieur: Ich habe vergessen, wer ich nicht bin.

Kleine Pause.

1.Offizier: Da, da ist das Land! Ich sehe es. – Brüder, das Land!

Kapitän: Ja, wir sind aufgewacht! Wir sind unserer Verlorenheit entronnen!

Sie kommen an den Bach und machen halt.

Mädchen: Hier ist die Erde. Ich stehe auf ihr. *(legt sich auf den Rücken, streckt die Arme hoch)* Ich bin – die Erde!

Sie richtet sich auf, kniet am Bach, schöpft Wasser mit den Händen und läßt den Mann trinken. Die anderen treten hinzu, trinken ebenfalls aus ihren Händen. Danach knien alle nieder, bilden mit Stella zusammen einen Kreis und fassen sich an den Händen.

Licht aus.

Licht an. – Fortsetzung der unterbrochenen Szene. – Der Mann liegt wie er hingefallen ist an Deck. Der Zweite Matrose schüttet einen Eimer Wasser über ihn.

Kapitän(stößt ihn an die Füße): Los, stehen Sie auf! – *(schüttelt den Kopf)* Kein Seemann, der nicht... *(wartet etwas, zum Zweiten Matrosen)* Holen Sie den... *(stößt den Mann wieder an)* Los, auf!

2. Matrose: Wen?

Kapitän: Na, wen schon?

Zweiter Matrose ab, kommt gleich darauf mit dem Doktor wieder, der einen Kopfverband trägt und vom Matrosen gestützt wird.

Doktor (beugt sich mit Hilfe des Matrosen zum Mann herunter): Aber doch nicht so! Er kühlt ja aus! – *(fühlt den Puls)* Nichts Schlimmes, eine Ohnmacht, gleich ist er wieder da. *(schlägt dem Mann einige Male mit der flachen Hand auf die Wangen)*

Mann (regt sich, hebt sich etwas hoch, sieht den Doktor): Sie –? *(starrt ihn an)* Sie –?

Doktor (richtet sich auf): Aber ja.

Mann (erhebt sich, starrt den Doktor weiter an): Sie sind nicht –? – *(starrt zu Boden)*

Doktor: Wie –? Ah, ein kleines Kommunikationsproblem – ich bin, ich bin nicht... verstehen Sie? Das kommt vor... bedauerlich. Kommunikation hat ihre Tücken, ja –

Erster Offizier und Ingenieur treten auf.

Mann (sieht auf, starrt weiter auf den Doktor; dann fällt sein Blick auf den Ersten Offizier und den Ingenieur): Sie –? – Und Sie –?

1.Offizier: Was denken Sie, in welchen Zeiten Sie leben!

Ingenieur: Unter Menschenfressern?

1.Offizier: Meuchelei und Tod? – Das hier... *(deutet umher)* ist guten Traditionen verpflichtet und nennt sich zivilisiert, Sie... Spaziergänger.

Mann(starrt sie an, dann die anderen): Wer seid ihr? – Bin ich... verrückt?

Kapitän(zu Erstem Offizier und Ingenieur): Was tun Sie hier! In Uniform! – Sie sind Ihrer Posten enthoben! Verschwinden Sie!

Erster Offizier und Ingenieur ab.

Kapitän(hinter ihnen her): Unperson, beide Unperson! Vergessen Sie das nicht! Sie haben ausgespielt! – *(zum Mann)* Sie sind natürlich nicht verrückt.

Mann: Da, das Land!

Kapitän: Ja, Land! – Überall ist Land! Zwei Fünftel der Erdoberfläche sind Land, Gott sei Dank, und Sie

sind nicht... *(macht wieder die vorherige Geste)* natürlich nicht.

Doktor: Natürlich nicht! – *(zeigt in die Runde)* Eine
Compagnie... verstehen Sie? – Alles klärt sich...
eine Compagnie bei der Arbeit. – Wir spielen... wir
erlauben uns zu spielen – manchmal aus dem Steg-
reif... in freier Improvisation.

Mann: In freier... Improvisation, frei... natürlich...

Doktor(lacht etwas): Wir bemühen uns... *(alle lachen)* wir bemühen uns, eine vergnügliche Spielge-
sellschaft zu sein. – Sie sollten mitspielen, alle spielen mit. Alles ist Spiel, nicht? Alles folgt sich selbst,
ist das nicht endlich – Bestimmung... freie Selbstbe-
stimmung?

Mann: Ich will an Land.

Kapitän: Natürlich! Das Land – überall Land!

Mann: Sofort.

Mädchen(zum Doktor): Ach, er tut mir so leid.

Doktor(zuckt die Schultern): Er hat leider ganz aufgegeben, kein Zutrauen mehr... in nichts.

Kapitän: Zutrauen, allerdings! Zuversicht! Und *Ver-*
trauen... Vertrauen in die Führung! – *(zur Besatzung gewandt)* Ist nicht alles in Obhut, in erträgli-
cher Obhut? – Gewiß, gewiß... die Zukunft erst,
aber wer muß sich noch sorgen, wirklich sorgen? –
Freie Herzen... freie Köpfe!

Die Mannschaft: Freie Herzen, freie Köpfe!

*Mädchen(geht zum Mann, der abwehrend die Arme
hebt und etwas vor ihr zurückweicht, dann allmäh-
lich zusammensinkt und am Boden kauert):* Die

Welt ist, was wir... glauben, ja? – *(beginnt zu weinen)* Ja, und noch einmal ja! Auch wenn Sie – Sie... ja, ach, Sie –! – Wie sonst findet sich ein Glück, Sie... Unglückseliger, sagen Sie mir das. – Ach, Sie tun mir so leid. *(wendet sich ab, birgt das Gesicht in den Händen)*

Kapitän: Die Welt wird gedacht!

2.Offizier: Jawohl, gedacht!

Kapitän: Die Welt ist, was wir wollen!

Die Mannschaft: Was wir wollen!

Kapitän: Was *ihr* wollt, was sonst! *(lacht)* Steuermann!

Steuermann(von hinten): Kapitän?!

Kapitän: Kurs?

Steuermann: Hundertfünfundvierzig Grad!

Kapitän: Halten!

Steuermann: Jawohl, Kapitän – Kurs halten!

Pause.

Mann(steht auf, hebt die Arme): Ja, wie wird die Erde erblühen!

Der Kapitän lacht, die anderen fallen ein.

Kleine Pause.

Doktor: Spiel – alles Spiel – alles...

Kapitän(deutet auf den Mann): Los, runter vom Schiff mit ihm! *(lacht etwas)* Des Menschen Wille ist sein Himmelreich...

Der Zweite Matrose läßt den Doktor los, geht eilig zum Mann, faßt ihn an einem Arm, der Dritte Matrose folgt, faßt ihn ebenfalls.

Kapitän: ...und wir haben wieder unsere Ruhe. *(er gibt den Matrosen mit seiner Klatsche ein Zeichen; sie führen den Mann zur Reling)*
Mann(schaut über die Reling): Nicht hier!
2.Matrose(zum 3.): Los!
Mann(wehrt sich): Ins Wasser!
2.Matrose: Pack ihn! – Richtig!
Mann: Da unten – der Felsen!
Es gelingt ihm kurz sich loszureißen. Zwei weitere Matrosen eilen herzu, zu viert stürzen sie ihn über die Reling.
Doktor(ist zusammengesunken, hat das Geschehen nicht verfolgt, richtet sich jetzt etwas auf): Spiel – alles doch nur ein Spiel...

Ende